与成长对话
——给青少年的40封信

YU CHENGZHANG DUIHUA
Gei Qingshaonian De Sishi Feng Xin

▶ 杨顺琴 著 ◀

西南师范大学出版社
国家一级出版社 全国百佳图书出版单位

图书在版编目（CIP）数据

与成长对话：给青少年的40封信/杨顺琴著.—重庆：西南师范大学出版社，2016.9
ISBN 978-7-5621-8215-3

Ⅰ.①与… Ⅱ.①杨… Ⅲ.①书信集–中国–当代②青少年教育–中国 Ⅳ.①I267.5②G775

中国版本图书馆CIP数据核字(2016)第218250号

与成长对话
——给青少年的40封信

杨顺琴 著

责任编辑：郑先俐
封面设计：喵　喵
照　　排：重庆大雅数码印刷有限公司·张　祥
出版发行：西南师范大学出版社
　　　　　地址：重庆市北碚区天生路2号
　　　　　邮编：400715
　　　　　网址：www.xscbs.com
　　　　　市场营销部电话：023-68868624
经　　销：新华书店
印　　刷：重庆市国丰印务有限责任公司
幅面尺寸：170mm×240mm
印　　张：12.25
字　　数：220千字
版　　次：2017年3月　第1版
印　　次：2019年8月　第5次印刷
书　　号：ISBN 978-7-5621-8215-3
定　　价：36.00元

前言

走进孩子的世界

金秋九月,阳光明媚。走进明亮宽敞的教室,又看到一班纯真可爱的孩子。还记得我们在开学第一课的"一分钟自我介绍"活动里,每个新同学都依次上台介绍了自己的姓名,还谈了自己的爱好,师生间迅速有了初步的了解。

一个穿红格子上衣的小男生很有意思,他说自己爱疯、爱下象棋、爱打乒乓球。我说,你一定是个非常聪明的孩子,喜欢下象棋说明你能静下心来思考,喜欢打乒乓球说明你很活跃,能静能动,一定聪明。但是如果你能把爱疯的毛病改掉,把它转移到体育活动中去,你一定会更棒。

还有一个穿蓝条纹上衣的胖胖的小男生也很有意思。我说,老师希望成为同学们的好朋友、大朋友,虽然老师比你们这些小孩子年龄大,但是希望我们能成为忘年交。谁知道"忘年交"是什么意思?这个小男生特爱表达意见,特爱举手,他说,忘年交就是不求同年同月同日生,但求同年同月同日死。一句话把我们全都逗笑了。我说,你说的是金兰结义之情,忘年交就是忘记年龄的知心交往,彼此在一起无话不谈。

新学期新气象,新同学都很可爱。就这样,我们师生之间的对话开始了。只有走进孩子的世界,才能发现教育的真谛。于是,为了更好地加强彼此间的交流与沟通,我们开展了每周一次的书信对话。信者,信息、信任也。这些你来我往的书信对话,既是信息的交流,也是信任的建立。我们在字里行间体味着成长的滋味。

在书信里,同学们与老师交流成长的快乐。看,孩子们多懂事啊！暑假里,一位同学跟爸爸学骑自行车,从中明白了坚持才能胜利的道理。国庆节期间,有的同学去保康五道峡游玩;有的同学去武当山游览自然美景;有的同学在襄阳公园体验开越野车、坐疯狂老鼠、进鬼屋的"刺激之旅"。同学们推荐老师有时间也去这些地方玩玩,真好。在家里,有的同学养了一只狗狗,十分可爱与调皮;有的同学在学习滑板;有的同学在学习包饺子,还邀请老师一起去分享呢。看到了自己喜欢的诗歌与美文,同学们也会与老师交流,表达对生活的感悟。元旦晚会上,那些过去从不积极参与活动的同学纷纷上台表演,令大家十分惊讶。其实,中学生的生活是丰富多彩的！

　　在书信里,同学们与老师交流成长的烦恼。前进的路上,有快乐,也会有烦恼。这不,有的同学想在新学校里好好表现,去掉小学里同学们给自己起的不喜欢的外号;有的同学很烦恼爸爸对自己的暴力管制;有的同学很烦恼妈妈总是责骂自家孩子;有的同学很迷茫,自己怎么从妈妈的乖乖女变成了会顶嘴的"坏小孩"。生活里还真充满了烦恼。不过,学习上的困惑也不少。有的同学基础太差,写信时总有许多汉字用拼音代替,也想努力学习啊;有的同学很苦恼自己在某次测试中遇到的挫折,希望老师帮忙想想办法;还有的同学想知道怎样提高自己的记忆力,怎样提高阅读理解能力,怎样提高自己的写作水平;等等。成长的路上,只有抛弃烦恼,才能放飞梦想！

　　在书信里,同学们与老师的感情越来越好。一个个亲切的称呼,一句句真挚的关怀,一次次美好的祝福,在不知不觉间拉近了我们师生的情感。开学初,一位同学在信里说:"谢谢您,杨老师,让我觉得这个学校不再陌生。"我看了很开心。后来,我又一次次看到同学们对老师表达信赖的文字,诸如:"老师,我想对您说:是您给了我学习的自信,是您给了我生活的勇气,是您给了我发奋图强的动力,是您给了我奔向美好前程的希望。""在您的教导下,我们慢慢爱上了写作,您知道吗？是您点燃了我们心中的文学梦想。"这些话,是对老师多么大的鼓励与支持啊！课余时间,孩子们有时会围着老师唱啊、跳啊、跑啊,偶尔还会冲过来与老师拥抱在一起,真是其乐融融。

在书信里,同学们与老师相互砥砺,不断成长。上初中了,竞争压力也大了,但有位同学说得好:"有对手才有动力,有危机感才有竞争力。"生活中处处都有启示,一位同学观察到一只小虫一次次从玻璃上掉下来又爬上去,便想到自己也应该从哪里跌倒就从哪里站起来,只要站起来的次数比跌倒的多,那就是胜利。在寒冷的冬天,有个同学给街头乞丐五角钱,只为了让他们感到温暖。周末妈妈给自己买衣服,这个同学便想到长大后要孝顺妈妈。还有的同学关注如何上网,希望网络能成为我们实实在在的工具。《礼记》曰:"教学相长也。"其实,在一次次给同学们答疑解惑的同时,老师的教育教学水平也在不断提升,老师的收获也越来越多。

只有真正地走进孩子们的心灵世界,老师才能知道这么多事情,才会拥有这么多精神财富啊!孩子们在一封封书信里,与老师交流着自己在学校、家庭、社会中的学习与生活情况。老师通过这些书信来往,可以了解当代中学生的思想与行动,更好地促进自己的教育教学工作。每次,我给孩子们的回复或寥寥数语,或下笔千言,这些都是师生间心与心的交流。就是这些心灵的对话、朴素的文字,让我们师生走得更近,相处得更好。在这里,我精选了部分书信,与读者一起交流,一起探讨。为拓宽孩子们的视野,每封书信之后还另附有短文或名言,在此对相关资料的作者致以诚挚的感谢!

对话成长,我们的思想在这里升华;

对话成长,我们的情感在这里加深;

对话成长,我们的故事在这里流淌。

目录

◆ **思想篇：吹响前进的号角**

第1封信：开学寄语
　　——怎样迎接新的学习生活 ·· 002

第2封信：为未来加油
　　——怎样实现自己的梦想 ·· 006

第3封信：让成长更轻松
　　——怎样面对学习上的压力 ··· 011

第4封信：做生命的强者
　　——怎样正确对待竞争对手 ··· 016

第5封信：我爱我的国家
　　——怎样才是爱国 ·· 020

第6封信：用智慧管理班级
　　——怎样做一个好班长 ··· 024

第7封信：一切从实际出发
　　——怎样管理好班级的课堂纪律 ·· 028

第8封信：学会改变自己
　　——怎样面对不良的家庭学习环境 ··· 033

第9封信：学会做自己的主人
　　——怎样控制不良情绪 ··· 038

第10封信：自信加自律
　　——怎样才能管住自己 ··· 042

第 11 封信：勇于突破自己
　　——怎样在公众面前大方讲话 ················ 047

第 12 封信：为自己加油
　　——怎样面对挫折 ···························· 052

第 13 封信：让优秀成为习惯
　　——怎样面对成功 ···························· 056

◆ 学习篇：开启成功的钥匙

第 14 封信：保持好学习的节奏
　　——怎样面对学习成绩的起伏不定 ············ 062

第 15 封信：在竞争中努力奋斗
　　——怎样正确面对考试 ······················ 066

第 16 封信：制订一个纠偏为正的计划
　　——怎样不再偏科 ···························· 070

第 17 封信：记忆力是锻炼出来的
　　——怎样背书又快又好 ······················ 074

第 18 封信：学会感动自己
　　——怎样让朗诵更有魅力 ···················· 079

第 19 封信：多读·多悟·多练
　　——怎样做好课外阅读题 ···················· 083

第 20 封信：修得一支生花妙笔
　　——怎样才能写出好作文 ···················· 088

第 21 封信：善于提炼概括
　　——怎样写好事例的中心句 ·················· 092

第 22 封信：文章不厌百回改
　　——怎样修改作文 ···························· 097

第 23 封信：贵在坚持
　　——怎样才能写出一手好字 ·················· 101

第24封信:让自律成为习惯
　　——怎样才能改变不良的学习态度……………………106

第25封信:由强制到自觉
　　——怎样才能养成良好的学习习惯…………………111

第26封信:把学习当成一种乐趣
　　——该不该上培训班……………………………………116

第27封信:让书香陪伴一生
　　——怎样读书……………………………………………121

◆ 生活篇:唱响快乐的音符

第28封信:长大了应该是件好事
　　——怎样面对成长的烦恼………………………………126

第29封信:从迷茫走向独立
　　——怎样顺利度过青春叛逆期…………………………130

第30封信:下一站幸福
　　——怎样面对重组的家庭………………………………135

第31封信:用心去帮助她
　　——怎样让姐姐不影响自己的生活和学习……………139

第32封信:让班级充满爱
　　——怎样帮助可怜的孩子………………………………144

第33封信:做一个善良的人
　　——怎样面对自己的错误………………………………149

第34封信:做自己生活的主人
　　——怎样戒掉游戏网瘾…………………………………153

第35封信:做手机的主人
　　——怎样才能让自己不再做"低头族"…………………157

第36封信:选择健康的生活方式
　　——怎样抵制不良诱惑…………………………………161

第37封信:认真对待每一件事
　　——怎样才能改掉做事马虎的毛病……………………166

第38封信:多锻炼自己
　　——怎样让自己的口才与身体更棒………………………170

第39封信:让自己越来越能干
　　——怎样面对家务活…………………………………………175

第40封信:多做实事
　　——怎样才能学会独立生活…………………………………179

◆ 后记……………………………………………………………183

思想篇

吹响前进的号角

第1封信：开学寄语
——怎样迎接新的学习生活

尊敬的杨老师：

您好！

度过了六年轻松的小学生活，转眼间，便步入三年紧张的初中生活了。我的心里十分不安，既兴奋，又惶恐；既忐忑不安，又迫不及待。这真是一次五味杂陈的开学。

我们升到了初一，有了比小学更长的学习时间。原本在小学里，早上七点半到校就算早，在初中就得七点到校。中午的休息时间也更加少了，下午也增加了两节课，晚上还有晚自习。作业也变多了。哎，看来没有多少空余时间了。

我们升到了初一，课业也变得更难了。我们要学习生物、历史、地理等从未接触过的课程。语文课开始学习散文，要背更多的诗歌，要读更多的书。这些让我感受到了前所未有的压力。不过，毕竟上初中了嘛，也是理所应当的，我们应该更加努力才是！

我们升到了初一，在小学留下的许多坏毛病都应该改一改。比如，写作业拖拉，上课不认真，等等。这样的坏毛病是不利于学习的，所以，必须改掉。

总之，初一，我会更加努力。老师，我为此制订了一个学习计划：在课堂上，多记一些笔记，好记性不如烂笔头。在课余时间，多读一些课外书，扩充自己的知识面。在家里，多复习一下自己在学校里学习的知识，温故知新。

只要这样，我相信，在初一的学习生活中，我一定会大有进步的！

您的学生：正阳

2015.09.02

正阳同学:

你好!

欢迎你来到新学校,并正式成为一名初中生。

金秋九月,天空蔚蓝,白云悠悠。看着你们这一群可爱的小孩子,就甚是喜欢。小孩子总是能给我们的生活带来新鲜、带来活力、带来无限的希望。

一走进中学的大门,你就感受到了初中生活与小学生活的不同。你说,进入初中,上课的时间比小学多了,还有了早、晚自习;学习的课程比小学多了,还开设了生物、历史、地理等学科。的确,初中的学习任务比小学要重。毕竟,你们都长大了一些。从天真烂漫的童年步入多姿多彩的少年,你们的生活会更加丰富有趣。

回顾过去,六年的小学生活给你留下了许多美好的回忆,让你依依不舍。展望未来,崭新的初中生活正在向你招手,引领着你继续前进。那么,在开学的日子里,应该怎样做才能更好地迎接我们的新生活呢?在这里,老师提出几点希望,相信会对你有帮助。

第一,做一个文明的孩子。俗话说:"没有规矩,不成方圆。"来到新的学校,要快速适应新的环境。学校的制度,班级的规矩,在老师的带领下弄清楚,并认真遵守。作为新学校的一员,要爱护学校的一草一木,爱护班级的一桌一椅,让我们的环境更加整洁美好。平时,遇到老师要热情地打招呼,遇到同学有困难要及时帮忙,争当文明小少年。

第二,做一个勤奋的孩子。在如今这个时代,没有知识将很难立足于未来社会。我们来到学校,最重要的任务就是学做人、学知识,不断增长自己的本领。课堂上,要认真听讲,积极思考,踊跃发言;课外,要合理安排时间,做好预习与复习,多看书,多学习,增长见识。在学习的过程中,不断拓宽视野,锻炼能力,以适应时代的要求。

第三,做一个热情的孩子。今天,我们有机会在一起学习,是彼此间的一种缘分,应该好好珍惜。现在,我们组成了一个新的班级,这个班级就像一个大家庭,同学们就像兄弟姐妹一样,要相亲相爱。有困难,彼此伸出友爱之手,帮助解决;有过错,相互多给予理解、原谅。请释放出你的热情,让我们在这个大家庭里生活得快快乐乐、开开心心!

第四，做一个孝顺的孩子。"百善孝为先。"父母为了养育我们，日夜奔波，辛勤劳动。如今我们坐在明亮的教室里学习，更应该感谢父母。一则，在学校里努力把自己的学业搞好；二则，在家里要多做做家务活。越长大，越要懂得体谅父母、关心父母。在学校里，我们的学习应该不让家长操心。回到家里，要尽力为父母分担家务劳动，减轻父母的负担，做父母的好孩子。

此外，在成长的日子里，老师还希望你学会做好生活中的加减乘除。

学习——要会做加法。我们既要学习课堂上的有字书，又要学习课堂外的无字书。课堂上，好好学习，让自己的知识每一天都在增长。课堂外，积极参与班级管理，争当班级的主人翁，让自己做事的能力每一天都在增强。

时间——要会做减法。时间，永远像流水一样不知不觉地流逝着，一直向前。古人就告诫我们："少壮不努力，老大徒伤悲。"因此，我们一定要珍惜青春年少的时光，好好学习。

快乐——要会做乘法。我们要学会把快乐与人分享。一份快乐，如果你与一个朋友分享，就变成了两份；如果你与两个朋友分享，就变成了三份……学会分享，我们的快乐才会倍增。

烦恼——要会做除法。生活难免会有烦恼。对待烦恼，我们就要学会做除法了。一份烦恼，如果有人与你分担，就变成了二分之一；如果两人能一起解决了，烦恼就烟消云散。

生活中的加减乘除，你会做吗？从现在起，做一个智慧的人，把学习做加法，把时间做减法，把快乐做乘法，把烦恼做除法。在最美好的年少时光里，努力学习，不断增长智慧、增长本领，带着快乐，带着梦想，去拥抱多彩的生活吧！

让我们一起以崭新的面貌迎接每一个崭新的开始！

最后，祝新学期生活愉快，学习进步！

爱你的杨老师
2015.09.06

小贴士

做最好的自己

世界是丰富多彩的，人生也是这样。每个人都拥有不同的人生，唯有做最好的自己，才会让生命闪光。

正因为有了花儿,这世界才变得芬芳;正因为有了鸟儿,天空才学会歌唱;正因为有了风儿,柳枝才学会舞蹈;正因为有了树儿,炎夏里才有了阴凉。每件事物,在世界上都有着不同的位置。人,也是这样。也许,你没有出众的外表;也许,你没有敏捷的头脑;也许,你没有惊人的智慧。但是,要记住,你就是你,你在这世界上独一无二地存在着。要相信,"天生我材必有用";要相信,你存在,就是一个奇迹!

记得曾经读过这样一个故事:1972年,新加坡旅游局给总理李光耀打了一份报告,大意是说:"新加坡不像中国有万里长城、有秦始皇兵马俑,不像埃及有金字塔,不像日本有富士山,除了一年四季直射的阳光,什么名胜古迹也没有,要想发展旅游事业,实在是巧妇难为无米之炊。"李光耀看后大笔一挥,只在报告上批了一行字:"你想让上帝给我们多少东西?阳光,我们有阳光就足够了。"旅游局官员看了报告上总理的批文,细细思考,终于恍然大悟,总理的意思再明白不过,是让我们利用自己的优势——阳光,大做文章。后来,新加坡利用一年四季直射的阳光种植花草,在很短的时间里发展成为世界上著名的"花园国家",连续多年旅游收入列亚洲第三位。是的,上帝给我们每个人的东西都是一样多的。上帝给了你阳光,你就要让它照亮远方;上帝给了你雨水,你就让它把彩虹铺上。只有我们每个人都做最好的自己,这个世界,才会更美好。

是颗小小的石头,就不要去羡慕大山的巍峨,一颗小小的雨花石,也能铺成星光大道。是株柔弱的小草,就不要羡慕大树繁多的绿叶,小小的青草,也能见证大地的春天。你要相信,你是这世界上伟大的一员,你会让这个世界因为多了一个你而变得更加精彩。

做最好的自己,就是要让自己今天比昨天做得好,明天比今天做得好,天天都在做最好的自己。

珍惜你所拥有的吧!把上帝给予你的一切都变成财富,做最好的你,还等什么?是颗星星,就尽情地闪光吧!

第2封信：为未来加油
——怎样实现自己的梦想

尊敬的杨老师：

您好！

小时候，有老师问我："请问，你的梦想是什么？"这本该是一个再普通不过的问题，我本应该自信满满地、流利地、完整地答出它。可一时间心头思绪万千，喉中就像有一团棉絮涩涩地堵着。我愣愣地站在那儿，最后只能含糊不清地吐出几个字："我……我没有梦想。"

其实我心中早已有一个明确的答案，其实我比谁都迫切地希望能实现这个梦想，其实家中收藏的那些印有不同异国风光的明信片中的每一处风景都已牢牢地记在心中……可是我没有勇气说出来。它太宏大，太难实现了，不，甚至可以说是基本没有实现的可能。它之于我，就是冰火，又寒冷又炽热，永远不可能实现。

改变我这种想法的，是一部电影。影片的主角是一个"傻子"，一个低能儿，一个被所有人嘲笑欺辱的孩子。可正因为他"傻"，他才比常人更乐观，更善良，更执着于自己的梦想，更为之不懈努力，哪怕被世人嘲笑；正因为他"呆"，他才不畏艰难，不惧挫折，不怕阻挠，更是从来没有，哪怕是一秒，放弃过自己最初的梦想。他叫阿甘，一个没长大的孩子，一个称职的父亲，一个越战归来的战士，更是一位成功的商人。

他让我看到，梦想没有难易之分，没有贵贱之分，更没有成败之分。而所有你坚持的梦想，总有一天，会成为现实。

虽然时间不可以倒流，但我仍然希望能回到那一刻，回到老师询问我的梦想的那一刻。倘若今天，乃至今后，在人生的道路上再次与这种问题不期而遇，

第2封信：为未来加油——怎样实现自己的梦想

我一定不会将那个答案深深地藏在心里。我一定会堂堂正正地、昂首挺胸地大声将心中的答案说出："我的梦想是周游世界！"

祝您天天开心！

您的学生朋友：欣悦

2015.09.18

欣悦同学：

你好！

很高兴看到你跟老师交流自己最初的梦想。你能在成长的路上，一步步清晰地确定自己的梦想，真好！在今后的人生路上，只要努力，你的梦想一定能实现！

每个人都应该有梦想。梦想像遥远的星光，照亮我们前进的道路；梦想像温暖的火把，点燃我们生活的热情。有梦想的人生，才是充实的、快乐的。古今中外，那些有所成就的人无不是从小就有着远大梦想的人。

还记得那个数星星的孩子吗？他就是东汉著名的天文学家张衡。小时候，他常常和奶奶坐在院子里，靠着奶奶，仰起头，对着夜空数星星。一颗，两颗……一直数到了几百颗。小时候的张衡，带着对星星的喜爱，带着自己的梦想，长大后刻苦钻研，最终成为著名的天文学家。

还有我国的桥梁专家茅以升。他小时候，家住南京，离他家不远有条河，叫秦淮河。有一年端午节，因为看赛龙舟的人太多，河上的那座桥被压塌了，好多人掉进了水里。听到这个消息，茅以升非常难过，他决定以后要做一个造桥人。经过长期的努力，他终于实现了自己的梦想，成了一个建造桥梁的专家。

你知道飞机是谁发明的吗？一百多年前，一位穷苦的牧羊人带着两个幼小的儿子以替别人放羊为生。有一天，他们赶着羊来到一个山坡上，天上飞过一只老鹰。孩子们对会飞的老鹰产生了极大的兴趣，也梦想着自己能够飞起来。通过努力，他们果然飞了起来，因为他们发明了飞机。这两个人就是美国的莱特兄弟。

你看，小时候的梦想有着多么巨大的力量！它指引着人们走向一个个成功，所以，人应该有梦想。有梦想的人会珍惜时间、珍惜生命，让自己的人生过得有意义。美丽的人生从有梦想开始。那么，如何实现自己的梦想呢？

与成长对话
——给青少年的40封信

首先,要坚定自己的目标。你说你的梦想是周游世界,那就要坚持下去,或许有一天就实现了。再给你讲个小故事,跟旅游有关的。

有一个小孩叫卡尔,他从小最大的梦想就是自己长大后能去世界各地旅游。有一次,他在学校参加比赛,获得了一本世界地图册。于是,只要一有时间,他就拿出这本册子看。一天,爸爸让他帮忙看着炉子上正在烧的热水。他就一边等水烧开,一边埋头看世界地图册。当看到一张埃及地图时,他深深地沉浸在古老埃及金字塔神秘的传说中,心里想着长大后一定要去埃及看看。突然,他被一个耳光打得晕头转向。抬头一看,原来是爸爸。爸爸问他怎么回事,炉子上的水早烧开了,沸腾的水把炉子都浇灭了。卡尔说,是自己看书太投入了,没有注意炉子上的水。爸爸又问他在看什么。卡尔说,自己在看埃及地图。爸爸一听,用力在他屁股上踢了一脚,并说:"我毫不怀疑你这一辈子都不可能到那么远的地方去!"看着愤怒的爸爸,卡尔呆住了,他心想:"我这一辈子真的不可能去埃及吗?不,我的人生要由我自己决定!"二十五年后,卡尔第一次出国去了埃及。坐在金字塔前面的台阶上,他给爸爸写了一封信:"亲爱的爸爸,我现在正在埃及金字塔前面给你写信。记得小时候,你踢了我一脚,说我不可能到这么远的地方来……"在自己坚持不懈的努力下,卡尔最终实现了自己的梦想。

所以,人的一生要锁定一个目标,只要坚持下去,拿出毕生的努力,便没有什么不能做到的事情。

其次,给自己找个学习的榜样。榜样常常能够激励自己去实现梦想。这个榜样应该能够时时提醒你,他(她)都能做到,你也能做到。

我们曾学过一篇课文《再塑生命的人》,里面的主人公海伦·凯勒就是我们学习的榜样。我们知道,海伦·凯勒双目失明、双耳失聪,但是她却从一个让人同情的默默无闻的小女孩,变成了让全世界都尊敬的人。如果生活真的不公平,那么生活对她的不公平可谓达到了极致。她完全可以放弃自己的梦想,躲在阴暗的角落里放声痛哭,没有人会责怪她。可是,她没有这么做。她吃力地在老师的帮助下学习盲语,触摸着各种各样的事物。她享年八十八岁,却有八十七年生活在无光无声的世界里。在此期间,她先后完成了《假如给我三天光明》等十四本著作,并致力于为残疾人造福,建立慈善机构。她被评为"二十世纪美国十大英雄偶像"之一。

海伦·凯勒这样不幸的人都能成功,我们每个人只要努力,只要发奋,还不能实现自己的梦想么?所以,给自己找一个榜样,让榜样时刻激励自己更好地前行。

再次,要有大量的行动。付出一定会有收获。咱们必须要付出,要努力,将来才会有收获。有人说,成功=方向正确+持续行动。这话说得很有道理。方向有了,行动就要跟上。

作为一名中学生,咱们要先把自己的基础打牢。有知识,有能力,才能一步步向自己的梦想靠近。记得老师以前教过一个女生,她的目标很明确。她喜欢旅游,于是中学毕业后就选择了导游专业。后来,在聊天中,她跟老师说,之所以要选择导游专业,是因为当导游可以免费游览各地的风光,挺有意思的。没想到,她读书的时候就已经很有想法了。中学毕业后的一段时间里,她一直跟老师保持着联系。在实习期间,她就游览过好几个地方,学得开心,玩得也开心。在成长的过程中,她变得越来越懂事,学业也搞得越来越好。懂学习会做事,才是好样的。如今,她的梦想应该算是实现了吧。所以,你现在要好好学习,让自己成为一个既聪明又能干的人,将来你的生活会过得更好。

最后,老师希望你们每个人都能守住心中的梦想。只要平时多努力,多用心,随着时间的推移,你们一定会一步步实现自己的梦想。有丰富的知识,有良好的能力,会学习,会做事,你们的梦想一定可以实现!让我们一起为梦想加油!为未来加油!

爱你的杨老师
2015.10.06

小贴士

关于理想的名言

一个人的理想越崇高,生活越纯洁。

——伏尼契

人生重要的事情就是确定一个伟大的目标,并下决心实现它。

——歌德

生活没有目标就像航海没有指南针。

———大仲马

我们如果没有理想，我们的头脑将陷入昏沉；我们如果不从事劳动，我们的理想又怎样实现呢？

———陈毅

有些理想曾为我指引过道路，并不断给我新的勇气以欣然面对人生，那些理想就是——真、善、美。

———爱因斯坦

世界上最快乐的事，莫过于为理想而奋斗。

———苏格拉底

第3封信:让成长更轻松
——怎样面对学习上的压力

亲爱的杨老师:

今天,我想跟您谈谈我对初中生活的看法。

初中生,科目多了,学习任务重了,我不禁开始紧张了。经历了这半个学期,我的压力更大了,我有些向往小学生活了。

在小学,科目少,作业少。只要把语文课本上的字词句背会,知道数学题的解答方法,英语单词记住一些,就算是"三好学生"了。以前我整天过着无忧无虑的生活,回家做完作业就可以愉快地玩耍了。

可是进入初中,想到九门课程,心中就像压了块石头。语文要学会整体感知,数学比以前更难理解,英语还要背语法,并能灵活运用。不仅如此,还多了地理、生物、历史等学科。我最不喜欢背历史了,我宁愿把整本语文书都背下来,也不愿意背历史。以前,只需做完老师布置的作业就可以了。现在,妈妈还给我布置外加作业。每天除了做题,还是做题,连一点玩耍的时间都没有。

老师,您小时候是以什么心态对待学习压力的?

祝身体健康!

您的学生:俊兰

2015.11.14

俊兰同学：

你好！

时代不同，做学生的心态肯定也不同。老师小时候学习很自觉，没感觉有什么压力。每天放学后，或者在寒暑假里，自己都认真地把作业完成了，不需要家长监督，家长比较轻松，我们也比较轻松。

从信中看得出，小学时的你整天无忧无虑，过得很轻松。只是到了初中，你感觉到了压力。这说明你慢慢长大了，有了责任心。对于学习，只有你重视它，才会感到有压力。在成长的过程中，适当有点压力是好事。适当有点压力，可以给自己鼓鼓劲，可以激励自己更认真地前行。

有关机构就"中小学生学习生活的现状与期望"进行了调查，结果显示，青少年学生面临的学习压力呈上升趋势，57.6%的中小学生因为学习压力大而苦恼。之所以感觉学习压力变大，是因为进入初中后，课程明显增多了，作业负担也加重了，同学之间的竞争也更加激烈了，尤其是父母对自己的期望更高了。

人都是在竞争中长大的，有竞争就会有压力。学生学习更是如此。无忧无虑的童年已经远去。进入中学后，你们开始慢慢有了自己的想法与担忧，可能会担心自己的学习成绩不够好，可能会担心家长批评自己，可能会担心考不上理想的高中，等等。这些来自学习上的压力，一方面可以成为你们进步的动力，另一方面也会是心理素质不好的学生的阻力。

俗话说得好："井无压力不喷油，人无压力轻飘飘。"人，如果没有一点压力，什么都不在乎，就很难有进步；但是如果压力太大，又会给自己带来太沉重的心理负担，阻碍自己前进。有适当的压力才是正常的。所以，让我们从现在起，学会正确面对这些"如影随形"的学习压力，将其变为动力，激发我们一步步迈上成长的阶梯。

以下是老师和你交流的一些减轻压力的方法。

方法一：认真学习，乐观自信。

作为中学生，你感到有压力，无非是担心自己的学习成绩不够好。如果你的基础很扎实，学习成绩很好，就会感到轻松多了。你看看，那些学习成绩好的同学往往玩耍的时间更多。相反，那些学习成绩落后的同学课间经常在老师办公室补课，或者回家后要完成自己的其他任务，学得很辛苦。

要想减轻学习压力，根本的办法就是把学业做好。每一天，都做到上课认真听讲，认真做笔记，认真思考，跟着老师的步伐，坚持每天完成一定的学习任务,解决一定的疑难问题,踏踏实实地搞好学习。学习成绩好了,自己的心里也会多一份自信。有自信的同学,往往能很好地把压力转化为动力。

如果你有了自信,学习成绩也好了,家长就会对你比较放心,也不会给你布置额外的学习任务了。你总是担心自己学习成绩不好,家长自然不放心,于是就会给你施加压力,多布置作业了。你是个聪明的孩子,以后要对自己充满信心。你要学会乐观地面对学习压力,多进行积极的自我对话,如:"太好了,显示我能力的机会来了!""这点作业太简单了,我一会儿就做完了!"经常这样想,你会感到轻松。

方法二:自我调节,舒缓压力。

好好学习是减轻压力的根本方法。此外,我们还可以用一些方法进行自我调节,舒缓学习给自己带来的压力。例如,常常微笑,让心情愉悦;多看看蓝天绿树,让心情宁静;做深呼吸,通过想象,让心灵放松。

第一,微笑。俗话说:"笑一笑,十年少;愁一愁,白了头。"快乐永远属于热爱生活的人。从现在起,微笑着面对生活。常常记着让自己微笑起来,压力就会被你赶走。生活中,我们会发现,有的人听到一个噩耗,会马上昏过去;而有的人听到一个喜讯,立刻神清气爽。这说明,情绪好坏对身体的影响很大。大悲大喜都不好,能够经常保持微笑,快乐地面对生活是最好的状态。所以,我们要学会常常微笑,让快乐相随。

第二,色彩。心理学家通过实验发现,颜色可以调节一个人的情绪。当我们感到心理压力大时,黄色的物品会使人力量倍增;情绪紧张时,绿色可以使人摆脱焦虑、烦躁;心境不佳时,不应看紫色、红色,应该看蓝色,它可以使人冷静、理智。这种方法不妨试一下,或许会对你起作用。你看,在适宜人们休息的公园里,常常是绿树成荫,小草青青。每每感觉学习上有压力的时候,你可以走到户外,看看蓝天,看看绿树,舒缓一下紧张的情绪,一定会轻松多了。

第三,深呼吸。当你感到心里有压力时,就深深地吸一口气,然后慢慢地呼出去。你可以默默地告诉自己,每一次你都在呼出"压力",吸进"动力"。这样连续做几次,你会感到自己精神饱满,神采奕奕,轻松多了。

方法三:培养兴趣,缓解压力。

生活中,有很多事情都可以帮助我们减轻压力,如读书、听音乐、体育锻炼、与人聊天等。在学习之外,培养自己这些良好的兴趣,可以缓解压力。

第一，热爱读书。热爱读书是一种很好的习惯，必须要培养。书籍是人类智慧的结晶。从书中，我们可以了解很多知识，还可以学习为人处世的道理。在书籍的世界里徜徉，你会感受到真正的快乐。带上一本自己喜欢的好书，随时拿出来读读吧。

第二，欣赏音乐。欣赏音乐，可以使急躁者安宁。在美国的一个小山村里发生过这样有趣的事：有一个加油站，为了争购汽油几乎天天都发生打架的事。后来老板请来了一支小乐队，在加油站门前演奏轻松优雅的音乐。从此，购买汽油的人秩序井然、心平气和，几乎没有再发生打架的事。这件事足以证明音乐的魅力。平时，选择一些自己喜欢的音乐，找一些柔和、经典的歌曲来听听，可以缓解精神上的紧张，让你感到轻松。

第三，体育锻炼。体育锻炼也非常有效。当心里不舒服时，到操场上跑几圈，出一身汗，感觉会很不错。压力大的话，建议你早晨或傍晚去慢跑，缓解压力的效果也是很好的。这样，既可以锻炼身体，又可以让你更加自信。运动可以让人精神饱满与自信。另外，同学之间也可以经常掰手腕，让笑声冲淡沉重的氛围，对减压也是很不错的。

第四，与人聊天。聊天是个很好的减压方法。有压力的时候，找个好朋友来聊聊天，把自己所有的烦恼都说一说，让好朋友帮助自己舒缓一下紧张的心情，也是挺不错的。我们都知道，快乐与人分享，快乐会翻倍；烦恼与人交流，烦恼会减半。同学之间往往有一些共同的思想，经常交流交流，心情会快乐很多。

当然，除了与同学聊天，还可以与老师、家长聊天。很多时候，大人们说的话会对你们很有帮助，值得参考，甚至会让你们有意想不到的收获。老师发现，其实你们挺喜欢来办公室跟老师聊天的，老师也很欢迎你们。从你们的笑脸上，老师看得出来，你们很开心。这样的交往，这样的聊天，无形中也舒缓了你们学习上的压力。

相信聪明的你一定能从这封信里找到减轻压力的方法，让自己在成长的路上，走得更坚实、更有力！

祝学习快乐！

爱你的杨老师

2015.11.26

务,解决一定的疑难问题,踏踏实实地搞好学习。学习成绩好了,自己的心里也会多一份自信。有自信的同学,往往能很好地把压力转化为动力。

如果你有了自信,学习成绩也好了,家长就会对你比较放心,也不会给你布置额外的学习任务了。你总是担心自己学习成绩不好,家长自然不放心,于是就会给你施加压力,多布置作业了。你是个聪明的孩子,以后要对自己充满信心。你要学会乐观地面对学习压力,多进行积极的自我对话,如:"太好了,显示我能力的机会来了!""这点作业太简单了,我一会儿就做完了!"经常这样想,你会感到轻松。

方法二:自我调节,舒缓压力。

好好学习是减轻压力的根本方法。此外,我们还可以采用一些方法进行自我调节,舒缓学习给自己带来的压力。例如,常常微笑,让快乐相随;多看看蓝天绿树,让心情宁静;做深呼吸,通过想象,让心灵放松。

第一,微笑。俗话说:"笑一笑,十年少;愁一愁,白了头。"快乐永远属于热爱生活的人。从现在起,微笑着面对生活。常常记着让自己微笑起来,压力就会被你赶走。生活中,我们会发现,有的人听到一个噩耗,会马上昏过去;而有的人听到一个喜讯,立刻神清气爽。这说明,情绪好坏对身体的影响很大。大悲大喜都不好,能够经常保持微笑,快乐地面对生活是最好的状态。所以,我们要学会常常微笑,让快乐相随。

第二,色彩。心理学家通过实验发现,颜色可以调节一个人的情绪。当我们感到心理压力大时,黄色的物品会使人力量倍增;情绪紧张时,绿色可以使人摆脱焦虑、烦躁;心境不佳时,不应看紫色、红色,应该看蓝色,它可以使人冷静、理智。这种方法不妨试一下,或许会对你起作用。你看,在适宜人们休息的公园里,常常是绿树成荫,小草青青。每每感觉学习上有压力的时候,你可以走到户外,看看蓝天,看看绿树,舒缓一下紧张的情绪,一定会轻松多了。

第三,深呼吸。当你感到心里有压力时,就深深地吸一口气,然后慢慢地呼出去。你可以默默地告诉自己,每一次你都在呼出"压力",吸进"动力"。这样连续做几次,你会感到自己精神饱满,神采奕奕,轻松多了。

方法三:培养兴趣,缓解压力。

生活中,有很多事情都可以帮助我们减轻压力,如读书、听音乐、体育锻炼、与人聊天等。在学习之外,培养自己这些良好的兴趣,可以缓解压力。

第一,热爱读书。热爱读书是一种很好的习惯,必须要培养。书籍是人类智慧的结晶。从书中,我们可以了解很多知识,还可以学习为人处世的道理。在书籍的世界里徜徉,你会感受到真正的快乐。带上一本自己喜欢的好书,随时拿出来读读吧。

第二,欣赏音乐。欣赏音乐,可以使急躁者安宁。在美国的一个小山村里发生过这样有趣的事:有一个加油站,为了争购汽油几乎天天都发生打架的事。后来老板请来了一支小乐队,在加油站门前演奏轻松优雅的音乐。从此,购买汽油的人秩序井然、心平气和,几乎没有再发生打架的事。这件事足以证明音乐的魅力。平时,选择一些自己喜欢的音乐,找一些柔和、经典的歌曲来听听,可以缓解精神上的紧张,让你感到轻松。

第三,体育锻炼。体育锻炼也非常有效。当心里不舒服时,到操场上跑几圈,出一身汗,感觉会很不错。压力大的话,建议你早晨或傍晚去慢跑,缓解压力的效果也是很好的。这样,既可以锻炼身体,又可以让你更加自信。运动可以让人精神饱满与自信。另外,同学之间也可以经常掰手腕,让笑声冲淡沉重的氛围,对减压也是很不错的。

第四,与人聊天。聊天是个很好的减压方法。有压力的时候,找个好朋友来聊聊天,把自己所有的烦恼都说一说,让好朋友帮助自己舒缓一下紧张的心情,也是挺不错的。我们都知道,快乐与人分享,快乐会翻倍;烦恼与人交流,烦恼会减半。同学之间往往有一些共同的思想,经常交流交流,心情会快乐很多。

当然,除了与同学聊天,还可以与老师、家长聊天。很多时候,大人们说的话会对你们很有帮助,值得参考,甚至会让你们有意想不到的收获。老师发现,其实你们挺喜欢来办公室跟老师聊天的,老师也很欢迎你们。从你们的笑脸上,老师看得出来,你们很开心。这样的交往,这样的聊天,无形中也舒缓了你们学习上的压力。

相信聪明的你一定能从这封信里找到减轻压力的方法,让自己在成长的路上,走得更坚实、更有力!

祝学习快乐!

爱你的杨老师
2015.11.26

小贴士

压力效应

  一位游客在山间迷路了,遇到一个挑山货的少女。少女带他经过一段危险的"鬼谷"时,递给他两根沉木条,要他扛在肩上。游客不解地问:"这么危险的地方,再负重前行,那不是更加危险吗?"少女说:"这儿发生过好几次坠谷事件,都是迷路的游客在毫无压力的情况下一不小心掉下去的。我们每天都挑东西来来往往,却从来没有出事。"当游客扛上沉木条时,他的精力更集中了,小心翼翼地走过了这段"鬼谷"路。

  这便是有名的"压力效应"。推而广之,人生中的很多时候,我们是不是也该在肩上压上两根沉木条,让它们唤醒我们的斗志和韧性呢?学习需要适度的压力,感受到压力是正常的。积极的态度是努力调整自己的心态,学会学习,变压力为动力。

第4封信：做生命的强者

——怎样正确对待竞争对手

亲爱的杨老师：

在上一封信里，我谈到了有对手才有动力。在这封信里，我接着再来谈谈我的看法。

老师，您知道吗？康熙大帝在继位六十周年之际，举行"千叟宴"以表庆贺。在宴会上，康熙敬了三杯酒。第一杯酒敬孝庄太皇太后，感谢孝庄辅佐他登上皇位，一统江山。第二杯酒敬众大臣和天下万民，感谢众臣齐心协力尽忠朝廷，万民俯首农桑，天下昌盛。当康熙端起第三杯酒时，他说："这杯酒敬朕的敌人吴三桂、郑经、噶尔丹，还有鳌拜。"众大臣目瞪口呆。康熙接着说："是他们逼着朕建立了丰功伟绩，没有他们就没有今天的朕，朕感谢他们！"

老师，如果没有吴三桂这些敌人，康熙会有一番丰功伟绩吗？历史不能假设，但有一句话说得好："一个人的身价高低，就看他的对手。"没有对手，就看不出你的价值，显示不出你的能力。

对手总会给你带来压力，逼迫你努力地投入到"斗争"中去。在同对手的"对抗"中，你才能真正磨炼自己。从这一层意义而言，你的对手是你前进的推动力，是你成功的催化剂。老师，您有对手吗？

祝老师身体健康！

您的学生：小兰
2015.09.26

小兰同学：

你好！

看得出来，你想跟老师交流一下有关竞争对手这个话题。这个话题很好，值得探讨。生活中，任何人都会有对手，老师当然也不例外。

第4封信:做生命的强者——怎样正确对待竞争对手

你说得很好,有对手才有动力。没想到你小小年纪,就思考得这么深入,而且知道那么多激励自己前进的好故事。特别是你上次给老师讲的那个故事,非常好!我们再来看看你讲的那个故事。

日本的北海道生产一种美味的鳗鱼,许多渔民都以捕捞鳗鱼为生。

这种鳗鱼的生命力很脆弱,只要一离开大海,要不了半天就死了。奇怪的是,渔村有一位老渔民天天出海捕捞鳗鱼,回港后鱼总是活蹦乱跳的,而其他渔民无论怎么放置鳗鱼,可一上岸全部都死了。因为活鱼比死鱼贵几倍,不久,老渔民便成了富翁。

后来,老渔民在临死前,把让鱼不死的方法告诉了儿子。原来,老渔民每次出海,都在船舱中放几条狗鱼。狗鱼和鳗鱼是死对头。势单力薄的狗鱼一看到鳗鱼便四处乱窜,而鳗鱼看到狗鱼便立刻警惕起来。这样,几条狗鱼把一舱鳗鱼全激活了!

从这个故事中,你明白了:一个人没有对手,他就会甘于平庸,养成惰性,最终一事无成。有了危机感,才会有竞争力。

讲完这个故事,你还能联系自己的生活实际,谈道:"就像我和阳阳一样。学习上,我们是对手,相互比拼。今天我考得比她高,明天她就要加油,从而产生动力。下课了,我们是朋友,互相鼓励。从这个意义上说,我要感谢对手给我带来了压力和前进的动力。"

是的,无论是正在求学路上的你们,还是已经工作的老师,大家都有自己的竞争对手。俗话说得好:"同行是冤家。"在学校里,你们同学之间是竞争对手,其实我们学科老师之间,还有班主任之间,也都是竞争对手。那么,如何正确地对待自己的竞争对手呢?

一是以宽容之心面对对手。在著名的历史故事"将相和"里,蔺相如就是这样做的。蔺相如与廉颇,同为乱世名臣,一个是贤相,一个是良将,辅佐君王,同为股肱之臣。但廉颇嫉妒蔺相如,处处与他作对。蔺相如却一直谦让着他,不与他发生正面冲突。后来廉颇认识到自己的错误,负荆请罪。从此两人更加珍惜对方的才华与谋略,团结一致,为国效力。生活中,若两个人已然是对手,彼此之间难免会针锋相对,或许会言行不恭,此时就需要我们以宽容之心与对手相处。海纳百川,有容乃大。让自己做一个心胸宽广的人吧!

二是以坚强之心战胜对手。在世界拳击比赛中,拳王阿里一次次倒下,又一次次站起来。擦干额上的汗水,抹去伤口的血迹,他总是目光坚定地望着对手。即便是下一次又被打倒,他也会再一次顽强地站起来。阿里说:"我知道,一个人是否勇敢,不在于他有多大力量能够击败多少敌人,而在于他是否具有被打倒后立刻爬起来的毅力。这是在擂台上我的对手教给我的。"人,是为荣誉而战的。对手强大,我们若战胜了则自己更强大。要想战胜对手,必须有一颗坚强的心,坚持到底,一定会成功!

三是将感谢之心送给对手。在雅典奥运会上,男子跳水三米板冠军彭勃在赛后接受记者采访时说过这样一段话:"我特别感谢两个人,一个是我的队友王克楠,而另一个就是我的对手萨乌丁。如果没有队友王克楠的鼓励,我的金牌就不可能拿得这么顺利。之所以要感谢萨乌丁,是因为我没有想到他今天发挥得如此棒。他那么大的年龄还那样拼搏,这刺激了我更加努力地去比赛。"可以说,是对手让彭勃更加努力、更加拼搏。因此,在获得胜利之际,我们应该感谢对手,是对手让我们更高更强!

人生之路不会是平坦的,会充满许多已知和未知的对手。正是因为有了这些对手,我们才会变得越来越坚韧,越来越勇敢,越来越强大。我们要感谢每一个对手,是他们把我们提升到一个新的境界。

不过,要想战胜对手,首先要战胜自己。战胜对手,只是人生的赢家;战胜自己,才是生命的强者。让我们在一次又一次的竞争中,去开创更加美好的生活吧!相信,你一定会做得很好!

祝学习进步,天天开心!

爱你的杨老师
2015.09.30

小贴士

对手,你好

狼常到一个牧场叼羊。牧场主用了整整一个冬季,请猎手围猎狼群,狼患总算解除了。过了不久,羊群开始流行疫病,羊大批地死掉,比遭受狼患的损失还大。牧场主请来医生给羊群防疫治病。但是,不知为什么,疫病还是不断发生,没办法,牧场主只好请来一批专家会诊。专家的结论却是去请几只狼来,放回到附近的山里去。

原来,狼先生先前的光临,对羊群有着天然"优生优育"的作用。狼的骚扰,使羊群常常惊悸奔跑,羊群因此格外健壮,老弱病残填入狼口,疫病源也就不复存在了。

这个真实的故事,十分耐人寻味。

在生物链中,狼是羊的天敌。没有了狼这个对手,羊群就面临着灾难。现在,人类之所以保护生物,就是让生物链不致隔断,换句话说,就是让每种生物都有对手。

有对手,保持警惕,才不失活力,这个道理在人类亦然。当年七国称雄,秦便图强自新,一旦六国并入秦的版图,没了敌人,秦也就英雄末路二世而亡了。现在,我们公认竞争是个好东西,就是因为竞争使参与者都有了对手,逼着你锐意进取,否则就会自毁长城。

人生如登山,只要有高峰还在前头,人的脚步就不会停下。一旦把千山万壑踩在脚下,真正的对手便是自己了。美国拳王泰森称霸拳台,击垮了一个又一个挑战对手。不想,胜利和鲜花带给他的是骄狂、麻木和纵欲,终而因罪下狱。美国舆论惊呼"拳王自己打倒了自己"。可见,视自己为对手,战胜自己,超越自己,是人生的十八盘,是最艰难的选择。

在人生漫长的征途上,对手是同行者,也是挑战者,是对手唤起我们挑战的冲动和渴望,失去对手,我们将失去一切。从这个意义上我们不妨说一声:"对手,你好!"

第5封信：我爱我的国家
——怎样才是爱国

亲爱的杨老师：

您好！

今天是国庆节，我们祖国诞生的日子。我们伟大的祖国是1949年成立的，至今已有66年了。

我想知道，什么是爱国？爱国是嘴上说说的吗？只在嘴上说"我爱我的祖国"，那是虚伪的。爱国，是要用实际行动来证明的。你爱这个国家，你愿意为她奉献自己的一切，维护她，爱护她；在祖国需要你时，你会尽自己最大的努力，这才是真正的爱国。

每当我听到国歌被热烈地唱起、看到国旗冉冉地升起时，便心生敬意。邓小平说过："我是中国人民的儿子，我深情地爱着我的祖国和人民。"由此让我想到了一个人。

中午出去玩时，我看到一个老爷爷，在自己的自行车上面绑了一根三四米长的木棍。木棍上插满了鲜红的国旗，车上还装了一台音响，播放着我们的国歌。看到这位老爷爷，我的脑海里便想象着抗日战争时期他的所作所为。每当有纪念抗日战争胜利的活动的时候，老爷爷便会骑着自行车大喊："打倒日本帝国主义！中国共产党万岁！"

起初，我觉得很好笑，后来我终于明白了这位老爷爷的爱国之心，我更明白了这不是一个笑话。它是一件庄重的事、严肃的事，任何人不得以玩心相待。

现在回想起来，我发现，从我们步入小学一年级开始，从我们戴上少先队队徽开始，我们就有责任保护我们的祖国！我对爱国的认识便是：一个人如果热爱自己的祖国,必须先热爱自己的家庭,因为千千万万个家庭是一个国家的根本。只有这样,他才能用热血和力量来誓死捍卫自己的祖国!

祝您国庆节快乐!

您的学生:小晶
2015.10.01

小晶同学:

你好!

时值国庆节,你认真思考了什么是爱国。那个老爷爷对祖国的感情是深沉的,他用行动表达了对祖国的热爱。在那个战火纷飞的年代,他一定经历了不同寻常的事情。而你对爱国的思考也非常好。

是的,在如今的和平年代,我们每个人热爱自己的家便是热爱自己的祖国。国家是由千千万万个家庭组成的。如果每一个家庭都过得幸福,我们的国家就是美好的。

有一首歌唱得好:"家是最小国,国是最小家。在世界的国,在天地的家。有了强的国,才有富的家。国与家连在一起,创造地球的奇迹。我爱我的国,我爱我的家。"

今年国庆节期间,中央电视台以"最好的时光"为主题做了一系列采访,很多人都说当今的时代就是自己人生中最好的时光。今年的9月3日,我国举行了纪念中国人民抗日战争和世界反法西斯战争胜利70周年的盛大阅兵式。每一个炎黄子孙对当今强大中国的自豪与热爱之情都溢于言表,都在表达着对伟大祖国的祝福。

中华民族是一个优秀的民族,有着五千年的灿烂文化,有着曲折丰富的厚重历史。从古至今,我们都有着许多爱国志士,他们前赴后继,为了祖国甘愿奉献自己的一切。他们是民族的脊梁,他们的事迹激励着一代又一代中国人不断奋进。

古代,有爱国诗人屈原一生心系国家安危。屈原是战国末期楚国人。他出身贵族,早年深受楚怀王的宠信,位为左徒、三闾大夫。屈原一心一意为振兴楚国而努力,对内积极辅佐楚怀王变法图强,对外坚决主张联齐抗秦,使楚国出现了国富兵强、威震诸侯的局面。但是他的许多措施与楚国腐朽贵族集团发生了尖锐的矛盾,由于小人的嫉妒与诬陷,他遭到楚怀王的疏远,被流放江南,辗转流离于沅、湘二水之间。楚顷襄王二十一年(公元前278年),秦将白起率领兵马攻破郢都。屈原悲愤难抑，遂自沉汨罗江，以身殉国。为了纪念这位伟大的爱国诗人，每年的端午节，人们都会举行划龙舟、包粽子等活动，以此来怀念他。

近代，有年轻战士董存瑞为革命胜利舍生取义。1948年5月25日，我军攻打隆化城。董存瑞所在连队担负攻击国民党守军防御重点隆化中学的任务。他任爆破组组长，带领战友接连炸毁四座炮楼、五座碉堡，胜利完成了规定的任务。然而就在连队发起冲锋时，突然遭到敌人一处隐蔽的桥型暗堡猛烈火力的封锁。部队受阻于开阔地带，二班、四班接连两次对暗堡爆破均未成功。董存瑞挺身而出，毅然抱起炸药包，冲向暗堡。由于桥型暗堡距地面超过身高，两头桥台又无法放置炸药包。危急关头，他毫不犹豫地用左手托起炸药包，右手拉燃导火索。碉堡被炸毁，年仅19岁的董存瑞用自己的生命为部队开辟了前进的道路。

现代，有著名数学家华罗庚为祖国建设毅然回归。华罗庚早年在美国很受学术界器重，曾有人想把他留在美国，给予优厚的待遇。但是当他得知新中国成立的消息后，便立即决定回国。回国后，他一方面刻苦致力于理论研究，另一方面足迹遍布全国23个省、市、自治区，用数学解决了大量生产生活中的实际问题，被誉为"人民的数学家"。华罗庚身上体现了祖国利益高于一切的人生价值，物质再丰厚也不能阻挡他回归祖国的脚步。

什么是爱国？爱国就是屈原对国家命运的关注忧虑，爱国就是董存瑞为革命胜利的舍生取义，爱国就是华罗庚为新中国发展的全力以赴。古人说："天下兴亡，匹夫有责。"老一辈革命家用自己的鲜血与生命换来了今天的美好生活。我们更应该用自己的实际行动，从自身做起，从现在做起，做好自己该做的事情，这就是爱国。

最近《新闻联播》里推出了"大国工匠"系列节目，里面的每一个主人公都在自己的岗位上兢兢业业、一丝不苟地工作着。其中，有造大炮的，有造飞机的，有造潜艇的……他们文化不同，年龄有别，但都拥有一个共同的闪光点，就是热爱本职，敬业奉献。他们技艺精湛，有人能在牛皮纸一样薄的钢板上焊接而不出现一丝漏点，有人能把密封精度控制在头发丝的1/50以内，还有人的检测手感堪比X光般精准，令人叹服。正是有许许多多的中国人在自己的岗位上敬业奉献，我们的祖国才能繁荣昌盛。因此，努力工作，便是爱国。

作为学生，我们应该牢记毛主席的那句名言："好好学习，天天向上。"近代，我们敬爱的周恩来总理"为中华之崛起而读书"，一个响亮的誓言，一个远大的志向,激励着周总理为之奋斗了一生。如今,我们应该为中华民族的伟大复兴而读书,为实现中国梦而读书。在最美好的青春年华里,好好学习,让自己将来成为对社会、对国家有用的人才,就是爱国。

最后,老师送你一句话:"天行健,君子以自强不息。"让我们以此共勉,一起奋进,爱自己,爱家人,爱祖国。

祝你每天都有进步!祝祖国繁荣昌盛!

爱你的杨老师

2015.10.09

小贴士

关于爱国的名言

天下兴亡,匹夫有责。

——顾炎武

位卑未敢忘忧国。

——陆游

先天下之忧而忧,后天下之乐而乐。

——范仲淹

风声雨声读书声声声入耳,国事家事天下事事事关心。

——顾宪成

我们爱我们的民族,这是我们自信心的泉源。

——周恩来

我荣幸地以中华民族一员的资格,而成为世界公民。我是中国人民的儿子,我深情地爱着我的祖国和人民。

——邓小平

爱祖国高于一切。

——肖邦

第6封信：用智慧管理班级
——怎样做一个好班长

亲爱的杨老师：

  您好！

  开学已有两个月之久，同样，我这个班长也当了两个月。在这期间，我发现自己还缺乏一个班长应有的能力。

  老师，我在这封信中想请教您，如何才能做一个好班长？如何才能将学习与管理做到两全？

  从当上班长那一刻起，我就想管理好这个班级。我深知当班长要做到让同学们信服。我认为，只有我的学习成绩好，同学们才会信服。可是我的学习成绩还是提不上去。我该怎么办？

  我认为，我们班最需要管理的就是纪律。我想管理好班级纪律，可是心里虽然这样想，却没有好的方法。所以，我想问问老师，如何才能管理好班级纪律？

  我还认为，同学们现在责任感不够强，总觉得许多事情都好像与自己无关。老师，我想问问，如何增强同学们的团体意识和责任感？

  这些事情最近一直困扰着我。我希望老师您这盏指路明灯为我解除烦恼，指引我前进的道路。老师，谢谢了！

  祝您身体健康，万事如意！

您的学生：小慧
2015.11.01

第6封信：用智慧管理班级——怎样做一个好班长

小慧同学：

你好！

看得出来，你是一个很有责任心的班干部。虽然在小学做过班长，但在中学并不一定能做好。在小学，因为你们年龄还小，很多事情老师可能都帮着做了。但进入中学后，老师对你们的要求高了，你们所接受的锻炼也多了。这就需要你们开始学会独立做事，开始更好地培养自己各方面的能力。

在信中，你谈到了自己作为班长的一些困惑和烦恼，希望自己能够尽到班长的职责，带领全班同学更好地前进。作为班长，有责任心很重要，但还要有能力。不过，你也不必太着急，人的能力都是一点点锻炼出来的。而且，在这个职位上，你接受的锻炼会更多，成长得也会更快。

在对管理者的选拔上，我国通常的做法是：有德有才，破格选拔；有德无才，培养使用；有才无德，限制使用；无德无才，坚决不用。也就是说，德才兼备才是最好的管理者。班主任在选拔班长时，肯定也会考虑这些因素。想想吧，作为班长，自己有没有做到德才兼备，或者自己应该从哪些方面努力以做得更好。

先说说"德"。有德者应该是一个人品好的人。只有人品好的人，大家才会拥护他。这方面，老师认为你做得很好，而且同学们对你的评价也很好。记得在上次的作文中，你的同桌曾有一段话写到了你，让老师看了很感动。原来，你因为经常在管理同学们的时候大声说话，导致嗓子不舒服，还一直在吃药。你还用自己的钱买了碘伏和棉签，以备同学们不小心受伤时使用。老师真的没想到，你做得这么细致周到，时时处处都在为同学们着想。你一直让我们觉得，你是一个温厚善良、心地实在的孩子。

再说说"才"。这个"才"应该包括学习能力与管理能力。你最苦恼的应该就是这两个方面了。

你认为，学习成绩好了，同学们才会信服自己。可是，你又觉得自己的学习成绩并不怎么好。其实，你的学习成绩还是挺好的，一直在班级前列。作为班干部，学习成绩好肯定是应该的，但并非一定要是第一名才行。自己的学习成绩能保持在班级前列，同学们是会信服的，你不必想得太多。

而且，你知道吗？当班干部有助于提高学习成绩，因为当了班干部，就想到自己应该为同学们做好榜样，从而激发了学习热情。你不正是这样吗？所以，有这种想法是好的，是在激励你前进。上课，你会好好学习，认真听讲，认真做笔记；课后，你会认真完成各项作业，一丝不苟。你说，这样下去，学习成绩能不好吗？何况你自己还在想办法，要不断提高自己的学习成绩呢。继续加油，你的学习成绩一定会更好！

至于班级管理，就需要动动脑筋、想想办法了。你说，自己想管理好班级纪律，却没有好的方法。老师告诉你两点：一是要会讲道理，二是要会定规矩。你可以利用班会课，跟全班同学一起商量如何来做。

讲道理，就是做思想工作。你可以问同学们三个问题：你们想不想生活在一个优秀的班级里？答案应该是肯定的。那么，大家是不是应该发扬自己的优点，改正自己的缺点？这个答案也应该是肯定的。既然如此，我们是不是应该制订一些规矩来约束自己？大家都是懂道理的，规矩自然是需要的。

于是，你就跟全班同学一起商量，上课应该怎么做，下课应该怎么做，等等。只要是你们想得到的方面就尽量都制订好规矩，而且还要注明如果不能按照全班制订的规矩去做应该怎么惩罚，班干部要监督好。只要是全班大多数同学都通过的规矩，哪一位同学违反了，就要接受惩罚，他也无话可说。

俗话说："没有规矩，不成方圆。"规矩，是做人做事的底线。有了好的规矩，才能约束同学们的行为。没有规矩，一个集体就会比较散乱；规矩严明，一个集体就会有很强的凝聚力。一个有凝聚力的班级，自然是一个优秀的班级，同学们的团队精神与责任心自然也就有了。

作为班长，有时候就像班主任一样，关心着班级发展的方方面面。当然，班长要有智慧，你要会任用班干部。你可以发挥好班级每一个班干部的作用，让班干部们自己与同学们商量，制订他们自己职责内的规矩并严格执行，认真监督。如果每一个班干部都管理好了自己该管的事，你就轻松了。班长平时主要就是管理好班级纪律，并监督好班干部的工作。

你现在对管理班级这件事情充满了烦恼，说明你还没有找到良好的方法，说明你还在成长中。希望老师与你的一番谈话，能够帮助你走出迷雾。在以后的不断努力、不断实践中，你的能力一定会得到快速的提升。相信自己，你一定可以成长为一个优秀的班长，一个老师信任、同学喜爱的班长！

祝天天进步，永远开心！

爱你的杨老师
2015.11.08

> 小贴士

当班干部有利于孩子成长

中国运载火箭技术研究院前院长王永志,1992年当选为国际宇航科学院院士,1994年当选为首批中国工程院院士。他原来是辽宁省实验中学的学生,读中学时便当学生干部。《中国青年报》刊登的《综合素质教育是成功的基石——王永志教授访谈录》这篇文章写道:

笔者:"您觉得做学生干部是利大还是弊大呢?"

王教授:"学生时代,几乎所有的社会工作我都做过,像学习委员、宣传委员、班长、团支部书记、党支部书记、校学生会主席等。我觉得,做学生干部第一个明显的好处是能锻炼口才,提高表达能力。我是从农村来的学生,刚开始时,人一多,讲话就脸红,不知道从哪儿讲起。但是当了班干部,老师逼着你去讲,所以哪怕只是宣布一个通知,你事先也得考虑考虑,打打腹稿。久而久之,人再多也不会怯场,而且说话的条理性变得越来越好。

"第二个好处是可以培养自己的组织能力和与人相处的能力。这两种能力是非常非常重要的。我参加工作,搞工程后才知道,大多的工作、大多的事情都不是一个人能干成的,非得组织起来不可。在组织的过程中,你要会很好地与人相处,不能总闹意见、闹矛盾,而是要调动大家的积极性,一起把工作干好。我觉得我当院长所需要的组织能力就得益于学生时代当班干部的锻炼。

"第三个好处是可以使自己对自己的要求更严格。做班干部,如果自身的缺点太多,别的同学就不会信服你,那怎么工作啊!所以,当班干部会促使你对自身有更高的要求,时时刻刻提醒自己要比别人做得更好。

"还有,我觉得做社会工作可以使人增长见识,开阔思路。所以,虽然做班干部不可避免地要耽误一些时间,却能培养出解决问题的能力来,包括学习能力。能力强,学习效率也就高,处理好了是不会影响成绩的。最重要的是效率,不是时间!

"学生时代做社会工作,对人的培养、锻炼特别重要。如果真想成才,年轻时非得有这方面的锻炼不可。我就主张在学校时,大家轮流当一当学生干部,都锻炼锻炼。"

与成长对话
——给青少年的40封信

第7封信：一切从实际出发
——怎样管理好班级的课堂纪律

亲爱的杨老师：

您好！

在本周的学习生活中，我遇到了一个令我很苦恼的问题，希望您能帮我出出主意。

那是周三下午的数学课，刚一打上课铃，同学们都陆续进了教室。因为我是数学课代表，每次上课老师还没来时，要保证教室内百分之百的安静。

上课了，我叫同学们拿出书，安静地等着老师进教室来。可是事情并不像我所想的那样，教室里说话的说话，吃东西的吃东西，疯打的疯打。我只好走下座位，一个个地提醒，叫他们别说话。可这一点儿也没有用，刚提醒完这个，那个又在说话。

我在教室里大叫，叫他们安静下来，他们死活都不听我的。那时候，我真是非常无助。

老师来了后，他们才安静下来。

我苦恼的问题就是如何管理好班级的课堂纪律，希望老师能给我出出主意。

祝您身体健康！

您的学生：萍儿

2015.10.22

萍儿同学：

你好！

怎样管理好班级的课堂纪律，的确是一个非常重要的问题。只要掌握了正确的方法，相信你是可以管理好的。

孟子曾说:"不以规矩,不成方圆。"大到一个国家,小到一个组织、团队,没有纪律的约束,各行其是,就会出现混乱的局面,以致不能开展正常的活动。例如,一个城市如果没有交通规则,居民们在街上随心所欲,你骑自行车乱闯红灯,我驾驶汽车横冲直撞,他步行随意穿越马路,那么这个城市的交通状况必然是一片混乱,交通事故带来的不幸就会降临在许多人的头上。

任何一个社会、一个国家、一个团体都应有维护自己利益的纪律。那么,什么是纪律?《现代汉语词典》告诉我们:纪律就是"党政、机关、部队、团体、企业等为了维护集体利益并保证工作的正常进行而制定的要求每个成员遵守的规章、条文"。当然,这些规章与条文,只不过是一些看得见的东西。更为重要的是,在这些作为纪律的规章、条文的背后,还有起决定作用的纪律观。规章、条文只不过是这些观念的形式化。所以,有怎样的纪律观,就会有怎样的规章与条文。

初中,是小学向高中过渡的阶段。在这个阶段,中学生心理和生理的发育都趋于成熟,情感表现热情但肤浅,自制力和毅力有所增强,但时有脆弱的表现,个别学生的逆反心理较强。同时,每一个人又会或多或少地向往自由,喜欢无拘无束。而事实上,只有遵纪守法才能获得真正的自由,才能顺利地做自己想做的事情。因此,要想管理好一个班级的纪律,必须树立正确的纪律观,并辅以严明的规章制度来参照执行,方能取得良好的效果。

作为班干部,仅从你的角度,我们来谈谈怎样管理好班级的课堂纪律。

方法一:以身作则,树立威信。

在班级里,你应该树立自己的威信。一是把自己管好,做事以身作则,给同学们做好榜样。作为班干部,你不但要努力学习,把学习搞好,还要有工作热情,积极管理班级事务。这样,你在班上就给同学们留下了良好的印象。二是要有气势,管理同学们时目光要坚定,语言要有力量。如果你在管理时,目光闪烁不定,说话细声细语,就会有个别调皮的同学故意跟你闹着玩,这样你就越来越不好管理了。但是如果你大胆管理,目光所到之处都让同学们感到敬佩,说话也铿锵有力,就极少会有人敢跟你嬉闹了。

同时,在管理中你要注意,让自己像同学们的一个非常正直的朋友一样。要让同学们觉得,你所说的,你所做的,都是为了大家好。只有大家遵守纪律,我们的班级才会更好。作为学生,你毕竟不是老师,应该让全班同学明白,你是为大家服务的。彼此应该相互配合,相互尊重。

方法二：有言在先，定好规矩。

管理课堂纪律要以预防为主，尽量避免破坏课堂纪律的现象发生。为了更好地预防不良现象发生，你可以先和同学们商量，制订出一些合理的规矩来。例如，上课时哪些事应该做，哪些事不能做，哪些是违反课堂纪律的行为，应该怎么惩罚，等等。这个规矩，要简单明了，有表扬也有惩罚。制订好后，当众宣读。

这样，今后你在进行课堂管理时，如果有同学不遵守纪律，你就有章可依，就知道应该怎么办了。如果某个同学犯错误，你惩罚他，他也无话可说，因为规矩是大家一起制订的，全班同学都知道。有了明确的规矩，班干部管理起来就方便多了。只要你严格要求同学们，坚决执行好这些规矩，你就能管理好班级了。一般来说，严格执行二十一天后，同学们就能养成良好的习惯。当好的习惯养成了以后，你就轻松了。因为你不用再说什么，大家都知道应该怎么办了。

方法三：多种方法，灵活处理。

面对班级里性格各异的同学，要想控制好课堂纪律、轻松驾驭课堂，掌握方法很重要。

对于某些在课堂上偶尔分神或搞小动作的同学，你可以用眼神或微笑示意，以制止其行为。违反纪律的同学，通过暗示，通常都会不知不觉地改正自己的行为。

假如只用眼神无法收到预期的效果，你还可以适当运用一些肢体语言。如可以轻轻走到违纪同学身旁，轻敲其桌面加以提醒，使其感到你善意的制止，从而约束自己的违纪行为。一般情况下，违纪同学便会马上改正。

除此之外，你也可以采取临时改变语调、加大声音或中途停顿等方法提醒违纪同学。你对大家的严格要求，也会令违纪的同学快速收敛自己的行为，以遵守课堂纪律。

在管理中，表扬与惩罚这两种方式，你一定要学会使用。对于极少数同学，惩罚是很有必要的。有的同学自控能力弱，只能靠惩罚才会去遵守纪律。而对于大多数同学，表扬更为重要。表扬能够调动同学们的积极性和主动性，让他们尝到成功的滋味。这会让同学们更加愿意去遵守课堂纪律，形成良性循环。因此，在课堂纪律的管理中，只有灵活运用多种方法，才能收到理想的效果。

方法四：友情谈心，亡羊补牢。

课堂上，或许有个别同学违反纪律，你也没来得及很好地制止住他的不良行为，那么课后就要亡羊补牢，为时也不晚。其实，有时候某些同学违反纪律，并不是他想这样做，而是他的自控能力比较弱，管不住自己罢了。每个人都想做个好孩子，都想得到周围人的认可。作为班干部，你要学会针对个别调皮的同学，单独做做工作，多鼓励他改正，多鼓励他做好。

学会与同学沟通，是班干部必备的能力。课后，与某个同学聊天时，你先不要说他在课堂上的违纪行为，就像个好朋友一样，交流谈心，耐心地问问他上课讲话的原因，再说明违反课堂纪律的危害，让他心服口服。这样，既搞好了同学关系，也有助于你今后的管理。

"大禹治水"的故事给我们的管理带来了很大的启示。大禹的父亲——鲧，用"堵"的办法治水，结果洪水更加泛滥。后来，大禹代替父亲治水，用"疏"的办法治水，让洪水顺着挖好的沟渠流去，既治好了洪水，还有利于灌溉庄稼。因此，变"堵"为"疏"才是最好的管理方法。

同理，纪律混乱就像洪水泛滥，只有善于疏导才能治理好。在进行班级管理时，班干部把不守纪律的同学的名字记下来，就是"堵"的办法，同学们肯定不喜欢。那么，怎样疏导呢？看看下面两个例子，你一定会从中受到启发。

有一位班干部，只要发现个别同学上课乱传纸条玩，就会在班上公开批评他们。可是越批评，越制止不住。后来，他想了一个办法，在班上设立了一个"心灵信箱"，让大家把心里话写在纸条上，投进信箱内。每天开箱一次，自己能解决的问题，他就和同学们一起讨论解决。解决不了的，就反映给老师，请老师帮忙解决。这样做，同学们很高兴，上课传纸条的现象也不再发生了。

另一位班干部管理班内纪律，也采用了记名字的办法，也是专记表现不好的同学。结果，越记越乱，控制不了。后来他反其道而行之，改成专记表现好的，并且在黑板报上表扬。结果同学们都争着做遵守纪律的模范，班级纪律大有改观。

"疏"是大禹治水的经验。后来人们从中受到启示，总结成科学的管理方法。由此可见，作为班干部，除了要有认真负责的工作精神之外，掌握科学的工作方法是多么重要。

总之，如何管理好课堂纪律是一门学问，需要我们用心思考。一切从实际出发，从小事做起，多为班级着想，多为同学们着想，多为班主任着想，工作要热情，要主动，要大胆，要创新，要坚持，这样才能成为一名优秀的班干部。相信在你的不断努力下，你一定会做得越来越好！

祝天天有进步，越来越能干！

爱你的杨老师

2015.11.13

小贴士

有关纪律的名言警句

政治合格,军事过硬,作风优良,纪律严明,保障有力。

——江泽民

学校没有纪律便如磨坊里没有水。

——夸美纽斯

纪律是集体的面貌,集体的声音,集体的动作,集体的表情,集体的信念。

——马卡连柯

遵守纪律的风气的培养,只有领导者本身在这方面以身作则才能收到成效。

——马卡连柯

纪律是自由的第一条件。

——黑格尔

一个人应该:活泼而守纪律,天真而不幼稚,勇敢而不鲁莽,倔强而有原则,热情而不冲动,乐观而不盲目。

——马克思

第8封信:学会改变自己
——怎样面对不良的家庭学习环境

亲爱的杨老师:

今天我想和您谈一谈写作业的问题。

每次我在家里写作业时,爸爸就在那儿玩手机,我都会想去看几眼。我该怎么办呢?

有时候妈妈在我旁边看电视,我就边写边看,结果第二天我的作业全错,可这些作业我都不应该错的,怎么办? 我控制不了自己。

杨老师,您给我想想办法吧!

祝您身体健康,工作顺利!

您的朋友:小纯

2015.11.07

小纯同学:

你好!

心理学上讲"一心不能二用",写作业时只有保持安静、一心一意,才能提高作业质量。所以,你要尽自己最大的努力,去改善家庭的学习环境。虽然你还小,但只要努力了,一定会有用的。

爸爸妈妈迷恋手机和电视的现象在如今的社会很普遍。随着科技的发展,手机的功能越来越多,电视节目也越来越好看,都非常吸引人。手机和电视正在改变着人们的生活。

先说手机。从过去单一的通话功能,到今天集通话、收发短信、摄影、上网、购物、听歌、播放视频、阅读电子书等于一身,不仅极大地满足了人们的通信需求,也满足了人们的娱乐需求。有不少文章介绍了手机在现代人生活中的一面:手机全天开着,一没电就心慌;揣在怀里,即使没有新信息也时不时拿出来看看屏幕;不管是躺在床上还是走在路上,都在"辛勤"地更新微博,"认真"地埋头看小说、电影……但是,每月不少的微信使人们在缩短生活距离、方便沟通的同时,无意间扩大了人与人之间在情感上的距离。从2011年开始,我们的生活开始步入移动互联网时代,上班间隙、地铁上、公交车里,到处可见人手一部手机,在不停地刷屏。

再说电视。电视节目丰富了我们的生活,拓宽了我们的视野,充实了我们的知识。一台小小的电视机,让我们足不出户,却能够了解外面世界的多姿多彩。喜欢看新闻节目的,无论国内国外大事小事,所有信息尽在掌握;喜欢看体育节目的,可以尽情享受各类体育赛事的精彩;喜欢看娱乐节目的,可以欣赏好的电视剧和综艺节目,与明星会面;还有文艺、财经、保健、卡通……每个人都可以在电视里找到自己喜爱的节目。但是,别人呈现的世界不管多精彩,我们只能欣赏。如何让自己的生活更精彩?不能只依靠看电视,还需要我们在现实生活中多多努力。

你看,爸爸玩手机、妈妈看电视的时候,你也难免会多看几眼。这样,对你写作业肯定是有影响的,你也知道。那怎么办呢?作为孩子,老师就站在你的角度跟你谈谈吧。

第一,要学会跟父母沟通。

谁都知道,好好学习是应该的。所以,当你跟爸爸妈妈谈,他们玩手机、看电视影响你写作业时,他们肯定会配合你、支持你学习的。大多数父母都是"望子成龙,望女成凤"的,可能是他们没有意识到自己的行为对孩子有了负面的影响。

如果你表达了自己想要好好写作业、好好学习的愿望,爸爸妈妈肯定会给你创造一个良好的学习环境。至少在你写作业时,他们会控制一下自己,不在此时玩手机或看电视了。哪里有父母不为孩子着想的呢?他们一定会知错就改,反省自己的行为。

父母应该多与子女沟通,子女也应该多与父母沟通。记得有句话这样讲:"世界上没有相处不了的人,只有不会相处的人。"这说明,只要掌握正确的方法,好好说话,人与人是可以相处好的。父母也是平凡人,也有平凡人的缺点,找个时间好好和父母交流一下吧!只要你努力了,一定会有改变!

第二,培养自己的抗干扰能力。

其实,我们周围的环境是复杂的。经过努力,我们或许可以创造一个比较理想的环境,但是我们自身所具有的面对复杂环境时的处事能力更加重要。一个优秀的孩子,在学习时通常都有着很强的抗干扰能力。

能在一切环境中保持宁静心态的人,通常都具有高尚的品格修养。我们要努力培养自己的抗干扰能力,冷静地应对世间的千变万化。"任凭风浪起,稳坐钓鱼台。"这"台"就是宁静的心灵。只有具备很好的抗干扰能力,才能做好自己想做的事情。只要你有自信,只要你下定决心,排除干扰,你肯定可以做到注意力高度集中。希望你加强这方面的训练。经过这样的训练,你的学习成绩一定会有很大的进步,而且你还会享受到学习的快乐。

第三,找个房间,独自安静学习。

这个方法非常简单,只要你在家中找个相对独立的房间,关起门来,就可以了。把自己与周围嘈杂的世界隔离开来,可以让你更安静、更专心地写作业,提高写作业的效率。这种空间上的处理,是你训练自己注意力集中的最初阶段的一个必要手段。

你常常有这样的经历,即坐在桌子前写着作业,但是旁边的电视机开着,于是你写作业的时候就会忍不住多看几眼。看着看着,就忘了写作业,完全投入到精彩的电视节目里去了。等回过神儿来,再写会儿作业,又忘了刚才写到哪儿了。刚找到自己该写什么内容的时候,又想看电视了,于是就马马虎虎写一下。这样的作业,质量肯定不高。旁边有干扰,怎么能把作业写好呢?何况你现在还是个孩子,各方面的能力正在训练之中。所以,在自己的抗干扰能力得到提升之前,先找个房间独自写作业,专心学习。时间长了,你的注意力集中了,抗干扰能力自然会慢慢增强。

静生智慧,学会让自己安静下来,你才能把自己该做的事情做好。历史上许多有所成就的人都懂得这一点。晚清名臣曾国藩一遇到军国大事,当他不知道怎么办时,就把自己关在一个房间里,静静地思索对策。每每此时,他都会想到更好的办法,从而更好地解决问题。时间久了,家人只要看到曾国藩关起门来独自静坐时,即便有再大的事也不去打扰他了。

因此,你也要学会给自己创造一个安静的学习环境,相信你的爸爸妈妈也会支持你。从现在起,拿出行动,努力改变父母,改变自己,改变你的学习环境,你才能够享受到学习的快乐、生活的快乐。当然,改变自己是最重要的。

著名文学家列夫·托尔斯泰曾经说过:"世界上只有两种人:一种是观望者,一种是行动者。大多数人只想改变这个世界,却没人想改变自己。"想要改变现状,就要改变自己;想要改变自己,就得改变自己的观念。一切成就,都是从正确的观念开始的。要适应社会,适应环境,适应变化,就要学会改变自己。

最后,送你一首小诗:

你改变不了环境,但你可以改变自己;

你改变不了事实,但你可以改变态度;

你改变不了过去,但你可以改变现在;

你不能控制他人,但你可以掌握自己;

你不能预知明天,但你可以把握今天;

你不能样样顺利,但你可以事事尽心;

你不能左右天气,但你可以改变心情;

你不能选择容貌,但你可以展现笑容。

祝学习进步,天天快乐!

爱你的杨老师

2015.11.18

小贴士

风中的木桶

一个小孩在他父亲的葡萄酒厂看守橡木桶。每天早上,他都用抹布将一个个木桶擦拭干净,然后一排排整齐地排列在那里。令他生气的是,往往一夜之间,风就把他排列整齐的木桶吹得东倒西歪。

男孩很生气,就在一个个木桶上用蜡笔给风写信说:"请不要吹翻我的木桶。"父亲见了,微笑着问小男孩说:"风能读懂你的请求吗?"

小男孩说:"但我对风没有办法。"

第二天早上起来,小男孩跑到放桶的地方一看,可恶的风根本没理会自己的请求,还是依旧把他的木桶吹得东倒西歪。小男孩很委屈地哭了。父亲抚摸着男孩的头说:"孩子,别伤心,我们可能对风没有什么办法,但我们却可以对自己有办法,我们可以拿自己的办法去征服那些风。"

于是,小男孩擦干了眼泪,坐在木桶边想啊想啊,想了半天,他终于想出了一个办法来。他去井里挑来一桶一桶的清水,然后把它们倒进那些空空的橡木桶里,然后他就忐忑不安地回家睡觉了。

　　第二天,天刚蒙蒙亮,小男孩就匆匆爬了起来。他跑到放桶的地方一看,那些橡木桶一个个排列得整整齐齐,没有一个被风吹倒的,也没有一个被风吹歪的。小男孩高兴地笑了,他对父亲说:"要想木桶不被风吹倒,就要增加木桶的重量。"男孩的父亲赞许地微笑了。

　　是的,我们不能改变风,也改变不了这个世界上的许多东西,但是我们可以改变自己,给自己加重,这样我们就可以适应变化,不被打败!

第9封信：学会做自己的主人

——怎样控制不良情绪

亲爱的杨老师：

  您好！

  时间过得真快，又一个星期过去了，距离期末考试又近了一步。

  有一个问题困扰我很久了，就是我平时脾气不是很好，而且很毛躁。每次做事，只要一不顺心，就想找事。每次都想改正，但确实控制不好自己的情绪。您说我该怎么改正呢？很期待下一次和您的谈话！

  祝您工作顺利，事事顺心，身体健康！

您的学生：可儿
2015.12.04

可儿同学：

  你好！

  生活总是充满曲折的，谁都会有不顺心的时候。在广阔的大海上，也会时而风平浪静，时而波澜起伏，时而狂风暴雨。人的情绪同样如此，有时心平气和，有时心潮澎湃，有时暴躁不安。快乐的时候自不必说，那么烦恼的时候，我们该如何控制自己的情绪呢？老师在此给你提三条建议，供你参考。

  建议一：转移法。

  倘若遇到不顺心的事情，可以通过做一些有益的活动来转移自己的不良情绪，如跑步、打球、听歌、看电影等。选择一种自己喜欢的活动去做，可以慢慢淡化不良情绪，收获美好的心情。

  如果遇到了烦恼，老师比较喜欢做的事情就是打扫卫生。从客厅、餐厅到各个卧室，再到厨卫，先把所有物品整理好，桌面、窗台擦洗干净，然后再扫地、拖地。一番忙碌下来，整个家里干干净净、清清爽爽。之后，坐在沙发上，沐浴在温暖的阳光里，泡一杯香茗，看看书或者看看电视，享受着自己的劳动成果，那感觉真是惬意极了。没有了无谓的烦恼，只留下充实的心情，美好的生活就是这样由自己的双手来创造。你不妨也试试这种转移法，找到最适合自己的，又有意义的活动来做做，你会过得很充实。

建议二：倾诉法。

我们知道，快乐如果有人分享，就变成了两份；烦恼如果有人分担，就只剩下二分之一。当你遇到不顺心的事的时候，不妨找个人好好倾诉一番。就像一个杯子，只有把里面的脏水倒出来，才能把干净水倒进去。坏情绪释放出来，好情绪才能诞生。

老师如果遇到不顺心的事，常会找最亲的家人或最好的朋友交流。他们总是能耐心地听你讲述，并安慰你、鼓励你，给你前进的力量。谁是你最贴心的家人，谁是你最信赖的朋友，谁与你此刻的交流更有意义，你就找谁去倾诉。其实，生活里也没有什么大不了的事情。世界这么大，生活这么美，总有合适的人愿意听你倾诉。作为一个孩子，你的周围一定会有许多爱你的家人、老师、同学、朋友。你愿意对一个人倾诉，也是对一个人的信任，这份感情也是值得双方珍惜的。

建议三：暗示法。

个人的心理暗示，也是相当重要的。你是一个聪明的孩子，遇到烦恼，应该对自己有信心，要相信自己能战胜烦恼，丢掉烦恼。海纳百川，有容乃大。你要培养自己宽广的胸怀，让自己能够容纳一切快乐与烦恼，面对一切顺境与逆境。

人有喜怒哀乐，情绪似乎有时候不受人控制。但只要努力，只要用心，你就不会成为情绪的奴隶，反而会成为情绪的主人。经常告诉自己，经常暗示自己"我是自己情绪的主人，我能控制好自己的情绪"，你就有了战胜不顺的力量。

最后给你讲个故事，你一定可以从中受到启迪。

在古老的西藏，有一个叫爱地巴的人。他每次生气、和人起争执的时候，就会以很快的速度跑回家去，绕着自己的房子和土地跑三圈，然后坐在田地边上喘气。因为爱地巴工作非常努力，所以他的房子越来越大，土地也越来越广。但不管房、地有多大，只要与人争论生气，他还是会绕着房子和土地跑三圈。当地的人们都很好奇，纷纷问他为什么要这样，他都笑而不答。

后来,爱地巴很老了,他的房、地也已经很广大了。有一天,他又很生气,就拄着拐杖,艰难地绕着土地跟房子,好不容易走完三圈,太阳都下山了。爱地巴独自坐在田边喘气,此时他的孙子跑过来坐在他身边,恳求说:"阿公,您年纪已经大了,这附近也没有人比您的土地更大,您不能再像从前那样,一生气就绕着土地跑啊!您可不可以告诉我这个秘密,为什么您一生气就要绕着土地跑上三圈呢?"

禁不住孙子的再三恳求,爱地巴终于说出了隐藏在心中多年的秘密,他说:"年轻时,我如果和人吵架、争论、生气,就绕着房、地跑三圈,边跑边想,我的房子这么小,土地这么少,我哪有时间、哪有资格去跟人家生气。一想到这里,气就消了,于是我就把所有的时间都用来努力工作。"孙子又问:"阿公,您现在年纪大了,又变成了最富有的人,为什么还要绕着房、地走?"爱地巴笑着说:"我现在还是会生气,生气时绕着房、地走三圈,边走边想,我的房子这么大,土地这么多,我又何必跟人计较?一想到这,气就消了。"

好了,老师就跟你交流到这里,希望对你有帮助。法国作家雨果曾说:"世界上最广阔的是大海,比大海更广阔的是天空,比天空更广阔的是人的胸怀。"愿你拥有宽广的胸怀,能够容纳生活的酸甜苦辣,做自己情绪的主人。

爱你的杨老师
2016.01.25

小贴士

钉子的故事

有一个小男孩无法控制自己的情绪,常常无缘无故地发脾气。一天,他父亲给了他一大包钉子,让他每发一次脾气都用铁锤在他家后院的栅栏上钉一颗钉子。

第一天,小男孩共在栅栏上钉了三十七颗钉子。

过了几个星期,他发现,不发脾气比往栅栏上钉钉子要容易些。慢慢地,小男孩学会了控制自己的坏情绪,每天在栅栏上钉钉子的次数渐渐少了。到后来,小男孩变得不爱发脾气了。

他把自己的转变告诉了父亲。父亲又建议:"如果你能坚持一整天不发脾气,就从栅栏上拔下一颗钉子。"经过一段时间,小男孩终于把栅栏上所有的钉子都拔掉了。

父亲拉着他的手来到栅栏边,对小男孩说:"儿子,你做得很好。但是,你看一看那些钉子在栅栏上留下的那么多小孔,栅栏再也不会是原来的样子了。当你向别人发过脾气之后,你的言语就像这些钉孔一样,会在别人的心灵中留下疤痕。

小男孩明白了,口头上对人造成的伤害与伤害人的身体没什么两样。

第10封信：自信加自律

——怎样才能管住自己

敬爱的杨老师：

　　您好！

　　临近期末了，我们班的"火药味"越来越浓了。当然我也是绷紧神经，努力"奋战"，准备和我们班的同学拼个你"死"我"活"。可一到课堂上，我就"不由自主"地走神了。老师，您能教教我怎么管住自己吗？

　　杨老师，人们常说："上帝为你关上了一扇门，但会给你打开一扇窗。"一个人即使有的方面不行，但只要其他方面非常好，也行。例如，有人双腿瘫痪，但他画画非常好。可我身上什么优点都没有，反倒有很多缺点。

　　有的人智商高，他可以靠头脑吃饭；有的人手艺好，他可以靠手艺吃饭；有的人长得帅，他可以靠脸吃饭。可上帝把我创造成这样，一无是处。我现在很为我的未来担忧，感觉前面一片黑暗。

　　祝老师身体健康，天天开心！

您的学生：小加
2015.12.18

小加同学：

　　你好！

　　在你的这封信里，处处充满了忧虑。似乎你对自己的学习无能为力，对自己的评价也是非常低。但事实真的是这样吗？你有没有对自己做出正确的评价呢？从老师的角度看，你的言语其实有些偏颇，甚至有点儿走极端了。古人就曾告诉我们："天生我材必有用。"你怎么可能一无是处呢？在这里，老师就你提出的问题，给你两点忠告。

忠告一：思想上，你要做一个自信的人。

你总说自己什么优点也没有，但事实并非如此。让老师来给你列举几条吧。你性格活泼，在课堂上，你总是积极举手回答问题，积极上台演板或展示；在班级活动上，你总是积极参与，努力贡献自己的一分力量。

还记得那次在学校的升旗仪式上，全班同学一起展示的诗朗诵吗？你是四个领诵者之一。你的出色表现，获得了老师和同学们的赞许。还记得去年的最后一个语文晚自习吗？我们班举行了迎接新年的元旦晚会。同学们热情很高，准备了许多精彩的节目，教室也被打扮得五彩缤纷、喜气洋洋。在这次晚会上，你也是其中的一位活跃分子，给大家带来了许多欢乐。你负责全场的音乐播放，是幕后的DJ师；你参演了一个小品，是快乐的演员；你还积极参与主持人的互动，猜中了好几个谜语，是开心的观众。没有你的付出，我们会少了许多快乐。你能说自己一无是处吗？再从学习上说说，目前你的考试成绩基本在班上前十名的范围内，你觉得很差吗？你对自己就没有一点儿信心吗？

你最大的问题就是缺乏自信，容易冲动。在遇到学习成绩比较差的同学时，你会轻视嘲笑，甚至嗤之以鼻，很是瞧不起人家。但在遇到学习成绩优秀的同学时，你则会垂头丧气，十分自卑，非常瞧不起自己。这样做，肯定是不对的。对于落后的同学，咱们要包容，要鼓励；而对于优秀的同学，咱们要学习，要看齐，而不要妄自菲薄。古人说得好："见贤思齐焉，见不贤而内自省也。"你要学会正确地看待自己，既不骄傲，也不自卑；既要能肯定自己的优点，又要懂得及时改正自己的不足之处。总之，你要做一个对自己有信心的人，不断学习，不断进步。自信的人才是最美的。

忠告二：行动上，你要做一个自律的人。

自信是做好事情的思想基础，自律是做好事情的行动要求。你在信中说，你上课总是走神，管不住自己。这就是没有自律性的表现。一个孩子要想把学业做好，必须学会做自己学习的管理者，能管得住自己，能约束自己，能严于律己。

学习不专心，恐怕还是学习动力不足。我们为什么要学习？有位名人说得好。这位名人你们应该都知道，他就是世界名著《爱的教育》的作者亚米契斯。同学们对老师说过，你们在小学时就已经看过这本书，觉得非常好。让我们一起来重温作者的这段话：

"孩子，你稍加思考，就会知道，如果你不上学，你的生活会变得多么的乏味和可悲。用不了一个星期,你就会乞求再让你回到学校里去,因为无所事事的羞耻感正在吞噬着你的心,游戏玩乐让你感到厌倦。我的孩子,每一个人都在孜孜不倦地学习。想想那些劳累了一天,晚上还要上夜校的工人们;想想那些士兵们,一天的摸爬滚打以后,晚上还是会捧起课本的;再想想聋哑人和盲人们,他们又是怎样学习的呢……成千上万的孩子们正背着书包做着同样的事,都要到学校去上课。想象一下这个庞大的人群,这千百种民族的孩子汇成的求学的洪流,一旦不存在了,人类就将重新坠入野蛮状态,这巨大的洪流是世界的希望、进步、光荣。"

我们还有理由不好好学习吗?为了让自己的生活过得充实,为了让自己的头脑更加聪慧,为了跟上人类前进的脚步,好好学习吧,孩子!

从现在起,做自己学习的管理者。

首先,管住自己,课堂会听讲。真正会听讲的同学,注意力是十分专注的,不容易走神。人的注意力有这样一个特点,即专注于一件事情上时,很难被其他事情干扰。专注力强的人,抗干扰能力也很强。苏联著名生理心理学家巴甫洛夫说过:"我们在集中思考、沉湎于某事时,既看不见,也听不见我们身边发生的其他事情。"所以,如果你听讲的时候注意力集中,是不会受到外界其他事情干扰的。

其次,管住自己,课堂会做笔记。有的同学上课很会做笔记,能把重点写下来;而有的同学上课则不会做笔记,不知记什么,甚至老师强调了还记得不全。事实上,会做笔记与不会做笔记,学习效果的差别还是很大的。心理学的研究表明,人在短时间内的记忆只能维持20~30秒,而在记忆之后的5~7分钟之内,就会忘掉刚才记住的东西的一半。所以,上课听讲时出现"左耳朵进,右耳朵出"的现象是比较正常的。但只要学会了做笔记,就可以弥补这一不足。做好笔记,是懂得自主学习的表现。要想提高学习效率,必须管得住自己,会做笔记。

再次,管住自己,课外会学习。课堂学习与课外学习是相辅相成、和谐统一的。每天放学之后、双休日和寒暑假,都是同学们可以自由支配的时间。在这些时间里,有的同学能认真完成老师布置的各项作业,还能预习新课或复习旧课,弄懂平时疑惑的地方;但有的同学却是在应付完成老师布置的作业,然后就抛诸脑后,不管不顾了。二者的学习效果天差地别。想一想,如果每天课外学习2个小时,一周就至少能多学习10个小时。一年50多个周,就能多学习500

个小时,即20多天。很多同学不知如何规划时间,就白白浪费了,非常可惜;而懂得合理规划时间的同学,则会把学习做得很扎实。

随着初中生学习科目的增多,学习难度的加深,科学地安排学习时间就显得十分重要。如果对自己的学习时间有一个合理的规划,有计划地学习,就可以做到心中有数、从容不迫。由于没有人比自己更了解自己想做和该做的事情,因此,没有人可以比自己更能有效地管理自己的时间。该学时学习,该玩时玩耍,劳逸结合,更能享受丰富快乐的生活。

总之,自信加自律,成为自己学习的管理者,你一定会变得越来越好!

爱你的杨老师
2015.01.16

小贴士

艾维利法则

美国伯利恒钢铁公司总裁曾因为公司濒临破产而向效率大师艾维利咨询求助。在近半个小时的交流中,前20分钟艾维利耐心地听完其焦头烂额的倾诉,最后请他拿出一张白纸,让他写下第二天他要做的全部事情。几分钟后,白纸上满满记录了总裁先生几十项要做的工作。

此时,艾维利请他仔细考量,并要求他按事情的重要顺序,分别从"1"到"6"标出6件最重要的事情。同时告诉他,请他从明天开始,且每天都这样做:"每天一开始,请你全力以赴地做好标号为'1'的事,直到它被完成或被完全准备好,然后再全力以赴地做标号为'2'的事,依次类推……"

艾维利认为,一般情况下,如果人们每天都能全力以赴地完成6件最重要的事,那么他一定是一位高效率人士。他请伯利恒钢铁公司总裁自己先按此方法试行,并建议他,若他认为有效,可将此法推行至他的高层管理人员;若还有效,继续向下推行,直至公司每一位员工。

如果你和你公司的每一位员工,每一天、每一分、每一秒都在做最重要即最有生产力的事情,假以时日,可以想象,会有什么成就?

一年后，作为此次咨询的报酬，艾维利收到了一张来自伯利恒钢铁公司的2.5万美金的支票。5年后，伯利恒钢铁公司一跃成为当时全美最大的私营钢铁公司。

六点优先工作制里面所包含的时间管理法则有：目标管理、优先原则、一次做好一件事情、时间限制、今日事今日毕、复杂的事情简单化、简单的事情模式化……

第11封信:勇于突破自己
——怎样在公众面前大方讲话

敬爱的杨老师:

在期中考试即将到来的时刻,我想对您说说我的心里话。

杨老师,您教我们两个多月了。在此期间,您非常关心我们的学习,就算喉咙发炎、嗓子嘶哑了,您还坚持给我们上课。在这几个月里,您从来没有因为喉咙发炎而找别人代过课。我知道,您是怕影响我们的学习啊!

杨老师,您还常常督促我们做课堂笔记,有时还亲自走到我们身边检查。您担心我们不会写作文,就把提纲讲了一遍又一遍,还经常给我们读一些优秀作文,让我们从中受到启发。在您的教导下,我们慢慢爱上了写作文。您知道吗?是您点燃了我们心中的文学梦啊!虽然您是我们的老师,但是在平日生活中,您更像我们每一个人的朋友,教我们做人的道理。

您每次让我上台、让我读作文的时候,我心里都非常紧张。那么多双眼睛都盯在我身上,我吓得腿都是软的。就是这个原因,我上课才不敢举手回答问题,希望老师您能帮我克服这个困难。

马上就要期中考试了,我在此深深地感谢您,谢谢您为我们的付出。我们会永远爱您的!

您的学生:亦然

2015.11.14

亦然同学：

　　你好！

　　看得出来，你是一个性格腼腆内向的孩子。感谢你给予老师如此高的评价，这也将是老师继续前进的动力。你说自己在集体场合讲话，很容易紧张，希望老师帮你克服这个困难。那么，现在老师就和你好好交流一番，希望你能由此变得大方开朗起来。

　　其实，在进行公众演讲的时候，很多世界级的明星也会紧张。这是一种很常见的现象，完全可以通过努力来克服。

　　通常怯场的人在讲话时，会表现出心跳加快、手心出汗、膝盖发颤、喉咙紧张、嘴唇发抖等症状。造成怯场心理的原因多种多样，往往也因人而异。针对你个人而言，老师认为有以下几点原因。

　　一是性格因素。通过平常的交往，我发现，你是一个性格比较内敛的孩子，话不多，做事也不张扬。平时你也不爱表现自己，尽管自己很多方面都做得挺好。因为从小到大都喜欢默默无闻地做事，所以你现在已经形成了习惯，不善于在公众场合表现自己。其实，你或许也感觉到了，敢于展示自己，才会让自己更快乐。

　　二是心理因素。在课堂上，你不敢主动举手回答问题，是因为心里紧张。作文评讲课上，老师让你上台朗读自己的优秀作文，你也会很紧张。导致这种紧张的原因主要是你担心自己准备得不够充足，觉得有"出丑"的可能。其实，这还是一个自信心的问题。如果你对自己的学习有信心，觉得自己比其他同学做得好，你就不会太过紧张了。

　　三是听众因素。这是造成怯场心理的最主要因素。过分地关注别人如何看待自己，是自己怯场的根源。一般人都愿意在"小范围"内讲话。如果听众人数很多，讲话者便会倍加谨慎。因为他们觉得一旦出错或表现不佳，"那么多人"就会一下子都知道了。因此，过分的小心谨慎加大了怯场的可能性和程度。

　　分析了怯场的原因后，我们再来探讨一下，怎样让自己慢慢地成为一个在公众面前讲话大方从容的人。

　　首先，在思想上要做到心态积极，勇于突破自己。

　　你本身是一个聪明的孩子。在课堂上，很多问题你应该都会回答，只是你没有举手。从现在起，你要心态积极，学会勇敢地展示自己，不要担心，不要害怕。你要经常告诉自己:这个问题我会回答,我要学会主动地展示自己,而不是被动地坐在这里。课堂上,参与越多,收获越多。只要你开始了第一次举手,你便会爱上举手。与全班同学分享自己的学习心得,其实是一种快乐。

同样是一枚鸡蛋,如果被别人打破,就可能会变成一盘菜——炒鸡蛋;但如果是自己突破自己,就会有一个新生命的诞生。你想想,是不是这个道理?希望你勇于突破自己,向我们展示出一个全新的、不同的你!

其次,在行动上要善于自我调节,讲话大方得体。

相对于很多名人的演讲而言,作为学生的你,在课堂上回答问题或者朗读作文,所面对的观众并不多,所面对的场面并不大。在课堂上,虽然全班同学都在倾听你的声音,但你通常会更多地关注老师。这时,你就要注意了,你的心中应该装着全体观众,包括老师,更包括同学们。怎样让自己的表现大方得体?老师提两点建议。

一是讲话时姿势端正,仪表大方。有句话说得好:"坐如钟,站如松,行如风。"做人就应该这样。具体到站姿上,就应该像青松一样挺拔。讲话时,双脚站稳,身体放松,目视前方,精神饱满。这样,你一定会给观众留下美好的印象。

二是讲话时声音洪亮,准确流畅。有的人在公众场合讲话时,声音小得像蚊子一样,呜呜啦啦,大家都听不清楚,效果很差。要想赢得观众的欣赏,必须做到声音洪亮,语言准确流畅。这是在公众场合讲话特别关键的一点。平时,我们也是深有体会的。你看,在课堂上声音洪亮的同学发言,我们听得很清楚,也都喜欢听;反之,那些声音模糊的同学发言,我们几乎听不清楚,也不喜欢听。因此,平时你应该多训练自己大声说话,字字铿锵有力。这样,你的语言就会富有感染力,就能打动观众。

总之,站姿端正,声音洪亮,你的讲话就能给观众留下大方得体的好印象。其实,要想解决在公众场合讲话紧张的问题,只能靠平时多与人交流,多进行锻炼。老师知道有两个小游戏特别适合培养同学们的演讲能力,有助于改善同学们怯场的心理,并提高大家随机应变的能力,以后老师会多带领大家玩玩。

游戏一:一分钟演讲比赛。每个同学在一张纸上写一个自己感兴趣的题目,比如"谈某某老师""谈某某同学""谈网络的利与弊""谈今天你是怎么度过的"等。写好后,放在一个小盒子里,主持人摇匀。然后每个同学依次走上讲台,任意抽取一个题目,进行一分钟演讲。这个游戏不但能锻炼同学们的演讲能力,而且切合同学们的实际生活,十分有趣。讲得好的同学,常常会给大家带来快乐的笑声。

游戏二:一分钟故事接龙。上一个小游戏,老师以前经常带领大家玩,而这个小游戏,只玩过一次,不过也很有意思。记得那个晚自习,第一个同学以"小明早上背着书包去上学……"开始了班级故事接龙。每位同学依次上台讲述一分钟,任意发挥想象,续接故事情节。同学们编的故事既合理又荒诞,主人公一会儿穿越到三国,一会儿穿越到秦朝,一会儿穿越到现代,一会儿穿越到外太空。最后一位同学以"这原来是一场梦",给故事画上了一个圆满的句号。这个小游戏让每一位同学尽情发挥自己的想象,培养了灵活思维与随机应变的能力,培养了勇于上台不怯场的心理素质,对提升同学们的综合素养很有帮助。

作为孩子,你们中的大多数人都还需要训练一下演讲能力。能在公众场合大大方方地讲话,是为人处世的一种基本能力。今后老师会多培养一下同学们这方面的能力,多与同学们开展一些这方面的活动,期待你们的精彩表现。当然,最关键的还是,自己要勇于突破自己,才会有一个新我的诞生。加油,你一定会成长为一个大方开朗的孩子!

祝越来越勇敢,越来越美丽!

爱你的杨老师

2015.11.28

小贴士

关于乔布斯魔力演讲的六个技巧

看过乔布斯演讲的人都应该不会忘记他那充满魅力的演讲。乔布斯的演讲技巧总的来说有以下几点:

第一,精神状态良好。在演讲台上的乔布斯总是热情洋溢,看起来像是有着无穷无尽的精力和超强的自信心,让听众看着都觉得充满力量感。

第二,注重目光交流。乔布斯一直都与听众有良好的目光交流,他很清楚自己演讲的内容,这需要提前做足功夫!

第三,开放式姿势。乔布斯在演讲的时候会把双手用开放式的姿态面向听众,不会在听众与自己之间形成一堵无形的墙。

第四，多处运用手势。乔布斯在演讲的时候，几乎每一句话都会用相应的手势来进行强调，这让听众感觉他不是在呆板地演讲，而是在生动地交流。

第五，恰当运用停顿。他每次停顿都会把听众的情绪吸引到极致，同时会把听众带到更深的关注和思考中去，从而使演讲效果变得出人意料。

第六，注重语速语调。他会根据演讲内容来自然提高音量或者加重语气，让听众的注意力从开始到结束都没有分散过。

乔布斯的魅力演讲技巧当然不是一天二天就可以练就的，需要做足长期功夫才可以！

第12封信：为自己加油
——怎样面对挫折

尊敬的杨老师：

您好！

这个星期，我知道了一个道理：学习不能骄傲。

刚开学时，我的数学成绩几乎是倒数，十几分。当时我也并没有很惊讶，因为在小学，我几乎已经对数学这门学科绝望了，也许再也不会学好了。但是钱老师并没有放弃我，她细心地教育我。我觉得，老师都没放弃我，我还有什么理由放弃自己呢？

就这样，我开始努力地学习，对数学也有了兴趣。我从最低的15分上升到最高的70分。但这次考试，又把我打回了原地。

33分。

那天，您也看到了，我晚回了教室。数学老师把我喊去了她那儿。钱老师觉得自从我考了70分以后，做题就明显不稳定了。其实我也这样觉得，也许，是我骄傲了。我不敢抬头看老师，我真的很难受。也不敢跟家长说。还记得当初我跟爸爸妈妈说考了70分的事，他们很开心！但这次我不敢说了，我怕看到他们失望的表情。

老师，我该怎么办？

祝老师身体健康！

您的学生：欣欣
2015.12.06

第12封信：为自己加油——怎样面对挫折

欣欣同学：

你好！

期末考试已经结束，现在对自己的学习成绩还满意吗？因为前段时间老师事情比较多，比较忙，只在周记本上对你所谈的问题聊了几句，没来得及详谈。如今放假了，老师方抽出时间来，与你好好交流一番。

面对学习上的起伏变化，你时而开心，时而难受。学习成绩好了，你愿意告诉爸爸妈妈，看他们开心的样子；学习成绩不好了，你不敢告诉爸爸妈妈，怕看到他们失望的表情。既然如此，你就应该努力地把学习搞好，让爸爸妈妈为你而自豪。面对学习上，乃至生活上的挫折，老师想告诉你的是：一定要有良好的心态，要学会给自己加油。

在这里，老师送你三句话，希望能为你未来的学习与生活增添力量。

第一句话："太好了！"

面对挫折，要经常告诉自己："这一切真是太好了，又让我有了锻炼、成长的机会。"其实，在我们每个人的内心世界里，都住着两个小人儿：一个叫"太好了"，一个叫"太糟了"。经常叫"太好了"的人，乐观积极，每天都能微笑面对生活，发现生活中美好的一面。而经常叫"太糟了"的人，悲观消极，每天都徒增许多烦恼，总发现生活中糟糕的一面。所以，经常告诉自己"太好了"，可以帮助我们远离烦恼。

有一次，一名记者问英国文学家萧伯纳，乐观主义者与悲观主义者的区别在哪里？萧伯纳回答说，这很简单。你在桌子上放一瓶酒，而且这瓶酒只剩下一半了。此时，如果看见这瓶酒的人高喊："太好了！还有一半！"这个人就是乐观主义者。但是，如果有人对着这瓶酒叹息："太糟了！只剩一半了！"那个人就是悲观主义者。所以，面对学习上的挫折，你应该告诉自己："太好了！"吸取了本次的经验教训，自己以后才会进步。

第二句话："我能行！"

面对困难，要经常告诉自己："我能行！我一定能做好！"考试没考好，出现了哪些问题，一定要好好分析。只有分析出了自己的问题是什么，并及时加以改正，本次考试对你才有意义。那些错题，自己真的不会做吗？如果会做，仅仅是马虎导致的，今后就要细心一些；如果真的不会做，就去翻翻书本或请教老师，必须完全弄懂。只要坚信我能行，就能克服所有的困难。

喊着"我能行"长大的孩子,将来一定能行。北京有一所小学的同学们总结出了八句话,值得我们学习:

相信自己行,才会我能行;

别人说我行,努力才能行;

你在这点行,我在那点行;

今天若不行,争取明天行;

不但自己行,帮助别人行;

能正视不行,也是我能行;

相互支持行,合作大家行;

争取全面行,创造才最行。

第三句话:"我很棒!"

平时多想想自己表现优秀的时候,不断告诉自己"我很棒"。即便是学习遇到了挫折,也要多想想自己学习最好的时候,便对自己有了信心。

从小学几乎对数学这门学科绝望,到初中由曾经的15分上升到70分,说明你完全有能力把学习成绩赶上去。想想看,自己考到70分的时候是怎么做到的,以后还继续那样做。生活没有一帆风顺,学习成绩有起有伏也是正常的。但只要你努力,发挥出自己最好的状态,你今后就会做得越来越好!谁没有闪光的时候呢?经常想想自己最好的时候,经常以"我很棒"来暗示自己,以后你就会真的很棒!

一次考试的挫折,激起了你心底的波澜。心里难受的你,很迷茫,不知道怎么办。你想多看到爸爸妈妈开心的表情,你想不负老师的期望,你其实明白自己应该把学习搞好。从这里,老师看得出来,你是一个有上进心的孩子。那么,从现在起,学会给自己加油,学会给自己力量!

让"太好了""我能行""我很棒"这三句话伴随着你,做一个自尊自信、自立自强的孩子吧!

爱你的杨老师
2016.01.24

小贴士

关于挫折的名言

流水在碰到抵触的地方,才把它的活力解放。

——歌德

卓越的人的一大优点是:在不利与艰难的遭遇里百折不挠。

——贝多芬

对于不屈不挠的人来说,没有失败这回事。

——俾斯麦

平静的湖面,炼不出精悍的水手;安逸的环境,造不出时代的伟人。

——列别捷夫

苦难对于天才是一块垫脚石,对于能干的人是一笔财富,对于弱者是一个万丈深渊。

——巴尔扎克

在科学的道路上没有平坦的大道可走,只有不畏劳苦沿着陡峭山路攀登的人,才有希望达到光辉的顶点。

——马克思

大海里没有礁石激不起浪花,生活中经不住挫折成不了强者。

——谚语

第13封信：让优秀成为习惯
——怎样面对成功

亲爱的杨老师：

  您好！

  又是一周的时间过去了，又一次数学周考了。这次的成绩有些差强人意，一百二十分的试卷，只考了八十五分。换算成一百分的试卷，才刚刚及格而已。这应该是我到现在为止，考的最低分了吧！

  钱老师找我谈了话，说改试卷的时候以为看错了名字，拿错了试卷，问我是不是因为考了两次第一名就骄傲了，放松警惕了。还说："你要做到不管考题难易度怎么样，都要是第一名。我把你当第一名来培养，希望你不要让我失望。我希望在这学期最后的一个月里，能看到你紧张备考的状态。"

  听了这话，我想了很多。我是不是在连连得意的情况下变得骄傲自满了？这一次的失败会不会影响到我期末的成绩？

  老师，您能告诉我怎样在成功之后，控制自己的心态吗？

  期待下次和您谈话！

  祝您事事顺心，身体健康！

您的学生：可儿
2015.12.12

可儿同学：

  你好！

  怎样面对成功？只有成功的人才会思考。或许，只有经历过无数次失败的人，才能扛得住成功。世上没有常胜将军，偶尔的一次失败又何必耿耿于怀？只要你有成功的潜质，你一定能够获得最终的胜利！不过，在这里你想知道的是，怎样在成功之后控制自己的心态。

的确,你是班上的佼佼者,学习成绩总是名列前茅,很少有失误。稍有失误,便在深刻地反省自己。这样也好,及时反省更有利于你今后的进步。

然而,你这个问题只有成功者才能解答,咱们就以史为鉴,从名人的身上来寻找答案吧。老师想到了两个人:居里夫人和爱迪生。或许他们能够给我们最好的回答。

第一,要保持一颗平常心。

成功了,不骄傲自满,不沾沾自喜,继续做着自己该做的事情。保持一颗平常心,方能让自己持续地走向成功。

居里夫人是镭元素的发现者。她一生在化学领域的研究中做出了突出的贡献,获得了很多奖章。但是,居里夫人把这些荣誉看得很淡,更不以此自夸和炫耀。

有一天,一位朋友慕名前来拜访居里夫人,走进房门就看到了满地的奖章,感到很惊异。这位朋友想见识一下最近英国皇家学会奖给居里夫人的那枚金质奖章,没想到居里夫人朝坐在地上玩耍的小女儿指了指。客人走过去一看,原来那枚金质奖章被当作小车轮,正在地板上滚来滚去。客人大吃一惊,说:"夫人,能够得到一枚英国皇家学会颁发的金质奖章,可是极高的荣誉啊!你怎么能随便拿给小孩子当玩具玩呢?"居里夫人笑了笑,说:"我是想让孩子们从小就知道:荣誉就像玩具一样,只能玩玩而已,绝不能永远守着它,否则将一事无成。"

居里夫人,这位在科学界震古烁今的伟大人物,就是这样,在荣誉面前保持着一颗平常心。这一点很值得我们学习。

第二,要保持一颗进取心。

成功了,不能留恋徘徊、贪图安逸,不能停下前进的脚步。躺在功劳簿上的人,终将碌碌无为。只有继续保持一颗进取心,才能获得精彩的人生。

爱迪生是著名的科学家,他一生有一千多项重要的发明。除了在留声机、电灯、电话、电报、电影等方面的发明和贡献外,他在矿业、建筑业、化工等领域也有不少创作和真知灼见,为人类的文明和进步做出了巨大贡献。

在他五十岁的生日宴会上,一位老朋友关心地问他:"你的一生成就非凡,在这剩下来的岁月中,你打算怎么安排?"爱迪生高兴地说:"从现在起到七十岁,我想把时间交给工作,七十五岁我计划去学桥牌,到了八十岁我想去学打高尔夫球。"可是,到爱迪生七十岁生日的时候,老朋友又问他同样的问题,爱迪生认真地回答:"我从工作当中获得了无穷的快乐,我仍然有数不清的构想,这些事情足够我忙上几百年。所以,我是永远不会让自己退休的。"爱迪生一直都热爱着自己所从事的科学事业,永不止步。

"老骥伏枥,志在千里;烈士暮年,壮心不已。"爱迪生,这位伟大的科学家一直都保持着一颗强烈的进取心,不断向着人生的更高峰攀登。作为普通人的我们更该如此,始终都积极进取。

两位名人,用他们的实际行动告诉了我们,面对成功应该保持怎样的心态。成功者,应该是让优秀成为习惯的人。既有平常心,又有进取心,你一路走下来,才会拥有一个又一个成功。从现在起,让优秀的思想融入你的心中,让优秀的行为成为你的习惯,让生命中的每一天都充满朝气蓬勃的活力,让自己如初升的太阳源源不断地释放出温暖的光芒。

在此,送你一首小诗,与你共勉:

播种一个信念,收获一个行动;

播种一个行动,收获一个习惯;

播种一个习惯,收获一个性格;

播种一个性格,收获一个命运。

爱你的杨老师
2016.01.26

小贴士

让优秀成为一种习惯

朱铁志

每个人的人生定位不同,生活态度自然就不同。打算把自己置于生活的哪个层次、何种境界,是每一个严肃生活的人都不得不考虑的现实问题,也决定了这个人基本的生活方式。鲁迅立志揭出劣根性,以引起疗救的注意,所以"横眉冷对千夫指,俯首甘为孺子牛",把别人用来喝咖啡的时间用于读书写作。哈佛大学集中了全美甚至全世界最优秀的学生,他们的校训正是"追求卓越"。是的,雄鹰不甘宇下,骏马难守圈栏。一个志存高远的人,必定将追求优秀作为自己的人生目标,作为一种近乎本能的习惯。

第13封信:让优秀成为习惯——怎样面对成功

所谓习惯,是一种常态,一种下意识,一种自动化,一种经过长期培养历练而形成的自然而然的状态,一种无须思考即可再现的回忆。其程序好像早已置于大脑和肌肉中,成为一种特殊的记忆,一举手,一投足,一颦一笑,都是优秀的外化和证明,都会使人眼前一亮,为之折服和赞叹。

优秀习惯的养成是一个漫长的过程,它可以有一个明确的起点,但肯定没有固定的终点。只要不断追求,每一个阶段性的成果都会成为一个新的起点。即便生命个体终结,后来者依然可以从他倒下的地方起步,向着更高的境界跋涉。

优秀和勤勉是天然的盟友,是孪生兄弟。优秀的人无一不是勤勉的,而勤勉的人即便不是最优秀的,起码是比较优秀的。从某种意义上说,勤勉本身就是优秀的代名词。所有天才无不是台上一分钟,台下十年功。请千万不要轻易相信天才的神话,那种似乎不需练习就能演奏的神童,那种不费吹灰之力就品学兼优的学子,我们听说过,但没见过,不可太当真。即便有莫扎特那样的特例,于我等也毫无借鉴之可能,不可作为榜样盲目复制。道理很简单,你是你,你不是莫扎特。你我遍地都是,莫扎特只有一个。哲学常识告诉我们,特例不揭示必然性。聪明的人从来不把自己当特例,聪明人只知道下笨功夫。

因为追求优秀,做什么都必须有"争创一流"的意识。食人俸禄,尽其本分,是常人的标准,而在优秀的人看来,是起码的德性;考上名牌大学,获得全优成绩,将来有一份体面的工作,是一般人梦寐以求的理想境界,而在优秀的头脑中,仅仅是一个通向优秀的起点而已。因为定位于优秀,别人可以睡的懒觉自己不能睡,别人可以敷衍的责任自己不能推,别人可以视而不见的工作自己不能躲,别人可以心安理得的生活自己不能忍。

优秀作为一种品质,当然离不开客观环境。但真正优秀的人懂得:命运只有把握在自己手里,才是真正的命运。平庸的人总是把别人的成功归结为环境好、条件好、人缘好、运气好,而把自己所有的失败归结为外在原因。优秀的人心里明白成功离不开客观条件,但从不过分依赖客观条件。他们懂得:环境创造人,人也创造环境。他们成功的时候往往以感恩之心面对社会、面对所有帮助过他们的人,把成功的功劳归结于客观条件。他们失败的时候,往往把原因归结为自己努力不够。优秀的人总是说自己不行,认为自己无知;平庸的人总是利用各种机会表白、粉饰自己。在真正优秀的人看来,世界上没有比这更愚蠢的事情了。

  优秀是一种酵母,把它用到生活中会产生一种奇特的效果。套用一句诗人的话:优秀是优秀人的通行证,平庸是平庸者的墓志铭。

学习篇
开启成功的钥匙

第14封信：保持好学习的节奏
——怎样面对学习成绩的起伏不定

亲爱的杨老师：

您好！

在本周的学习生活中，我渐渐地发现了我的一个重要问题，就是我的数学成绩忽上忽下。

刚开学考数学时，120分的试卷我考了107分；第二次，100分的试卷我考了80多分；第三次，120分的试卷我考了70多分；第四次，100分的试卷我考了70多分。

这个问题我一直都很苦恼。我不知道是我上课没好好听讲，还是我有点儿骄傲。可是我不这么觉得呀！我一直是脚踏实地呀！

每次考试都信心十足，可还是考不好。

其实，我还有一个马虎大意的坏毛病。每次考试都会做的题目，不是写错字，就是不小心算错了，因此我丢了好多不该丢的分。每次都想改正马虎大意的毛病，可没有办法。

老师，请问您有什么好的学习方法吗？

祝老师工作顺利！

您的学生：小萍
2015.10.31

小萍同学：

你好！

在学习中，你为自己的成绩忽上忽下而十分烦恼，希望能找到一些好的学习方法，那么老师就来和你交流一下这个问题吧。

第14封信:保持好学习的节奏——怎样面对学习成绩的起伏不定

首先,你要对学习有一个正确的认识。

学习没有一帆风顺的。没有人总是考第一,总会有些高低起伏,这次可能考得高一点儿,下次可能考得低一点儿,再下次可能又会考得高一点儿。成绩有起伏并不可怕,只要你对自己有一个清醒的认识,对学习有一个清醒的认识,你的学习成绩就能稳定在一个比较理想的范围内。

学习的过程其实也是一个体验人生的过程,有快乐,也会有烦恼;有成功,也会有失败。酸甜苦辣,尽在其中。胜不骄,败不馁,才能让自己的学习成绩保持在一个稳定的范围内。胜利的时候,继续努力,开心学习;失败的时候,要善于吸取经验教训。不要一看到自己的成绩有波动,就不知所措了。相信自己的实力,适当的波动是正常的。

给你讲一个故事吧。这是一个著名的数学老师,也是著名的班主任,讲的关于他女儿的成长故事,应该能够给你带来很大的启示。

在高三上学期的期末考试里,这个老师的女儿数学考了108分。高考数学满分是150分,这个分数当然不理想了,因为女儿的目标是上北大。回家后,女儿的情绪很低落。作为高三毕业班班主任兼数学老师的老爸知道,自己的孩子要上北大,数学只考了108分,就意味着她是不可能考上北大的。为了不给女儿施加压力,他故作轻松地开导女儿,笑着问:"假如你正常发挥的话,能考多少分呢?"女儿很自信地说:"我正常发挥的话,能考130分左右。"

爸爸一听,告诉女儿,这其实是个好事。他耐心解释说:"假如你这次考140分的话,把你的问题掩盖了,你会以为你数学学得很好了。现在寒假到了,你整个寒假都不会再想着学数学。这样,开学之后的第一次数学考试,你肯定要败下阵来。但是,这次只考了108分,就提醒你接下来要好好补习数学。你把数学试卷好好分析分析,看看这22分到底是因为基本概念、基本方法还是基本技能出了问题,然后整个寒假就针对这22分的失分暴露出的问题,彻底地投入学习。开学之后的第一次考试,你肯定能考好。这一次的失败决定下一次的成功,难道这次失败不好吗?"

女儿一听有道理,于是她整个寒假投入地学起数学来。拼了一个寒假,开学以后的第一次数学测试,她果然考进了班级的前10名。后来,这个孩子真的考上了北大。

你看，这个事例就告诉我们，失败并不可怕，只要善于从中吸取经验教训，反而有助于提升自己的实力，让自己今后考得更好。考试失败了，是在警示你一定要更加努力地学习了；考试成功了，是在鼓励你，给你信心，给你动力。

学习的过程跌宕起伏，让你的生活也变得丰富多彩。人生的趣味就在于此。只有成功，或者只有失败的生活，多么单调啊！当然，生活也不可能让一个人只成功，或者只失败。只要努力着，你一定会进步的！认识到这一点，你就不必再烦恼自己的学习成绩忽上忽下、起伏不定了。小范围内的起伏，就是比较稳定的。其实，你的学习成绩一直保持在班级前列，继续加油吧！

接着，老师再来跟你谈谈学习方法吧。

第一，你要对自己的学习有明确的目标。

在各门功课的学习中，除了语文几乎很难考满分外，其他学科都可以考到满分。七年级各门学科的总分基本都是100分。作为一名优等生，你肯定要求自己的每门功课都应该在80分，甚至90分以上。初中的功课都比较简单，只要你认真踏实，肯定能学好。你要给自己各门功课的成绩以及总成绩确定一个明确的分数线。确定自己考试成绩的分数线，是属于最简单、最近期的小目标。大的目标当然应该是你未来要上什么样的高一级的学校，要从事什么职业。只有现在脚踏实地，一步一步实现眼前的小目标，将来才能实现自己的人生大目标。

第二，你要学会给自己制订科学合理的学习计划。

很多同学不懂得给自己制订学习计划，总是一年又一年、一个学期又一个学期地跟着老师的步子走，学习没有主动性。会给自己制订学习计划的同学，才真正懂得学习，才真正能把学习搞好。怎么制订计划呢？就是给每学期的功课分配好时间，弄清楚自己每个时间段要学习什么内容。语文是分单元学习的，你看看这学期5个月，前4个月学习新课，最后1个月总复习。每个月应该学习什么内容，先分配好。弄清楚了每个月应该学习什么内容后，再分配一下这个月的每个星期应该学习什么内容。数学、英语等学科也是这样的，先把整个学期的内容分配到每个月，再进一步弄清楚每一周、每一天自己应该学习什么。如果你对自己的学习计划做到了心中有数，你就明白了自己什么时候该预习，什么时候该复习，你就会事半功倍。

第三，你要养成做任何事情都认真细致的好习惯。

很多同学在学习时，总是马马虎虎很快完成任务，出了错误也浑然不觉，等到发现了又后悔莫及。为了避免这样的问题出现，就要在平时养成做任何事情都认真细致的好习惯。生活中,吃饭睡觉、打扫卫生、收拾书包、整理课桌等,许多事情都认真做好,绝不马虎。一个人的生活能力,就是他的学习能力;一个人的生活习惯,就是他的学习习惯。在生活中做事认真细心,在学习上也会认真细心。每次做题时,都一道一道地认真审题,认真答题,书写美观,答案规范。养成了这样的好习惯,你的学习也就进入了良性循环的发展轨道。学习成绩好,就是很自然的事情。

  针对你的问题,老师就谈这么多。对学习成绩起伏不定有了正确的认识,再加上良好的学习方法,你的学习成绩一定会越来越好!相信自己,你是好样的!

  祝学习进步,天天开心!

爱你的杨老师
2015.11.09

小贴士

关于学习方法的名言警句

学习是劳动,是充满思想的劳动。

——乌申斯基

求学的三个条件是:多观察、多吃苦、多研究。

——加菲劳

学到很多东西的诀窍,就是一下子不要学很多。

——洛克

有教养的头脑的第一个标志就是善于提问。

——普列汉诺夫

人的天才只是火花,要想使它成为熊熊火焰,那就只有学习!学习!!!

——高尔基

重复是学习之母。

——狄慈根

第15封信：在竞争中努力奋斗

——怎样正确面对考试

亲爱的杨老师：

　　现在已经是开学后的第三个星期了，我已经开始慢慢适应了这里的学习生活，懂得了学校的学习秩序，知道了班级的学习规矩，认识了慈祥的老师、友爱的同学……

　　上周进行了一次正式的数学考试。很多同学考出了理想的成绩。而我，却对自己有些失望。归根结底，都是自己的错，如果我再认真一些，少马虎一些，或许试卷上的分数就和现在不一样了。所以，我要改掉我最大的毛病，消灭我最大的敌人——马虎。

　　这一周我觉得过得非常快。上一次的测试使我知道了，我和班上的同学并非只是朋友关系，他们也是我学习上的竞争对手。我应该努力奋斗，争取有一天超过他们。

　　这一个星期我也发现了老师们都非常幽默。这使我知道了，学习并不是枯燥无味的，而是丰富多彩的。我还发现，有些同学因为一些小小的矛盾就发生争执，这是不应该的。我希望我们班上的每一位同学都能和睦相处，团结友爱。

　　祝老师每天都能开开心心！

您的学生：婉莹
2015.09.20

婉莹同学：

　　你好！

　　看了你的叙述，老师想跟你交流的是：面对考试要有良好的心态，面对竞争要懂得团结友爱。作为学生，考试是我们无法回避的事情。那么，如何正确面对考试,如何在考试中获胜,这是我们每一个同学都应该思考的问题,老师也就此谈谈自己的一些看法。

有的同学一考试就紧张,甚至手脚颤抖;有的同学在考试中遇到见过的题目,常后悔自己没复习好;有的同学在考试后会埋怨自己粗心大意,把自己明明会做的题也写错了;当然,也有的同学面对考试,镇定自若,轻松应对。凡此种种,皆跟平时的学习态度有关。若想在考试中取胜,既要有良好的学习态度,又要有正确的心态,还要掌握一定的考试技巧。

第一,平时积极进取。在学习上,平时就应该严格要求自己。上课认真听讲,认真做笔记,积极回答问题,多参与学习成果的展示;课后认真完成老师布置的各项作业,甚至会自觉地做好预习与复习。这样,学习成绩想不好都难。其实,在学习的过程中,如果我们多当小老师,经常给同学讲讲题,学习效果会更好。

1946年,美国学者、著名学习专家爱德加·戴尔首先发现并提出了"学习金字塔"。从这里,我们可以看出哪些学习方法更有效。位于塔尖的第一种学习方式是"听讲",即老师在上面说,学生在下面听。这种我们最熟悉、最常用的方式,学习效果却是最差的,两周以后学习的内容只能留下5%。第二种学习方式是"阅读",两周后学习的内容可以保留10%。第三种学习方式是用"声音、图片"的方式学习,两周后学习的内容可以保留20%。第四种学习方式是"示范"或者"演示",两周后可以记住30%的学习内容。第五种学习方式是"小组讨论",两周后可以记住50%的学习内容。第六种学习方式是"做中学"或"实际演练",两周后保留的学习内容可以达到75%。最后一种学习方式在金字塔基座的位置,是"教别人"或者"马上应用",两周后可以记住90%的学习内容。爱德加·戴尔提出,学习效果在30%以下的几种传统方式,都是个人学习或被动学习;而学习效果在50%以上的,都是团队学习、主动学习或参与式学习。所以,让我们在与同学的竞争中学习、提高吧!让我们的友谊在竞争中更加深厚吧!

第二,坦然面对考试。对待平时练习与阶段考试的正确态度应该是怎样的?那就是把平时的每一次练习都当作考试,把真正的考试当作一次练习。如果平时认真地对待每一次练习,一日日,一周周,一月月,把基础打牢,等到考试的时候,还会怕吗?坐在考场上,不就像是在认真地做一次大型的练习吗?这才是面对练习与考试的良好心态。

坐在考场上，首先要有一颗平常心。你一定要相信自己，只要平时学得好，考试就能发挥好。考试是对同学们平常的基础知识、基本能力、综合素质的全面检验。如果平时学得不好，就别指望考试时能超常发挥。如果你觉得自己平常学得挺好的，就不用担心会考不好。当你遇到难题的时候，也不要慌。你应该这样想，我不会做的题目，别人可能也不会，但我会做的题目，别人也会做，所以我要让会做的题目不丢分。这样去想，心里就坦然了。其次还要有一颗平和心。那些在考试中想作弊的同学，大多是学习成绩不怎么样的同学。越是想作弊，他的时间越是被慢慢浪费掉了，就更没法做完所有的试题。而且，监考老师对这样的同学也会盯得很紧，作弊几乎是不可能的，只能是浪费时间。在考试中，咱们要不怕出错。如果这一次考试某些题做错了，是件好事，下来后只要弄懂了，以后考试就不会再出错了。当你在考场上全身心投入、平静思考的时候，或许你会突发灵感，发挥出自己意想不到的好水平。心烦意乱，只会堵塞自己的做题思路；而平心静气，才会让自己的思维流畅，做得更好，这才是面对考试的正确心态。

第三，熟悉考试技巧。在平时的学习中，老师会交代同学们一些考试注意事项、考试技巧等方面的事情。同学们也要多留意、多训练，熟悉并掌握更好的考试方法。例如，在考试时，先易后难，稳步推进；在答题中，思维严密，认真仔细；在做完后，善于检查，修改完善。

考试的题目有易有难，往往是前面的比较简单，后面的比较难，这样有利于同学们正常地发挥出各自的水平。在考试时，我们先做简单的、容易的题目，会越做越有信心，甚至连难一点的题目都有可能给拿下来。但是，也有同学先做后面的难题，如果能顺利做出来自然好，如果做不出来，卡住了，心情就会受到影响，甚至对其他会做的题目都没了信心，既影响答题效果，又耽误了时间。考试时间是有限制的，我们在考场上要珍惜宝贵的时间，仔细答题，力求一次性做对。通常我们做完题目后，很难检查出自己的错误来，所以要养成一次性做对题目的好习惯。这样的好习惯会让我们在每次的考试中受益匪浅。在考试中，我们还要注意控制自己的答题速度，力求做得又快又好。因为考完后，有些题你就是会做，也等于零，没用了，所以我们要在考场上按时做完试题，提高效率。当然，全部做完试题后，如果还有时间，一定要学会检查试卷。虽然大部分答案自己都会觉得没问题，但或许会有少数题目被你发现问题，并及时改正。就这么一小点儿改动，或许就会给你带来一个更好的结果。

总之,只要平时打好基础,与同学们多交流学习,向老师们多请教问题,并培养自己良好的心态,在竞争中努力奋斗,相信你一定会在考试中取得理想的成绩!

最后,祝你学习进步,天天开心!

爱你的杨老师
2015.09.23

小贴士

学习金字塔

学习金字塔是美国缅因州的国家训练实验室的研究成果,它用数字形式形象地显示了采用不同的学习方式,学习者在两周以后还能记住内容(平均学习保持率)的多少。它是一种现代学习方式的理论,是由美国学者、著名的学习专家爱德加·戴尔于1946年首先发现并提出的。

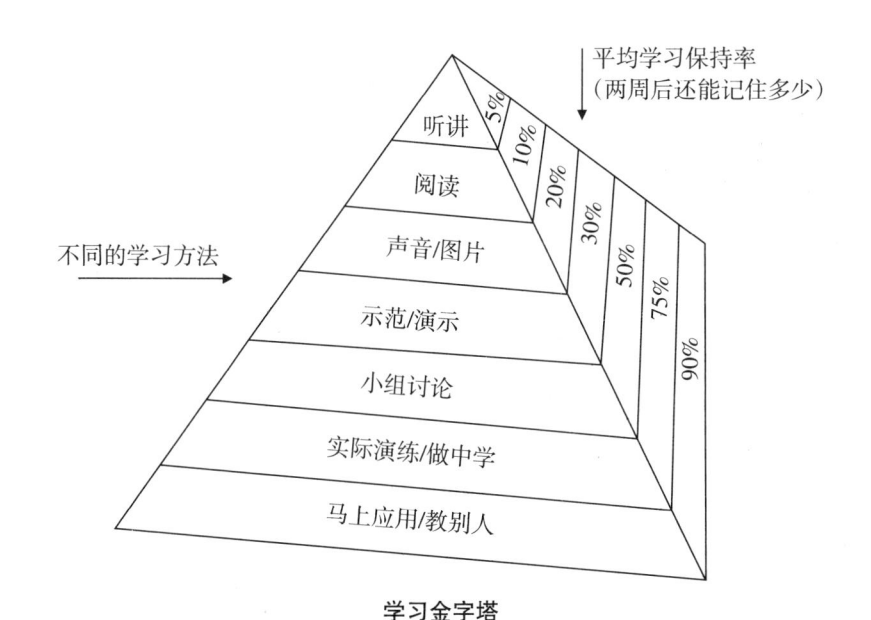

不同的学习方法	平均学习保持率(两周后还能记住多少)
听讲	5%
阅读	10%
声音/图片	20%
示范/演示	30%
小组讨论	50%
实际演练/做中学	75%
马上应用/教别人	90%

学习金字塔

第16封信：制订一个纠偏为正的计划
——怎样不再偏科

敬爱的杨老师：

您好！

这周我的学习状况还算不错。我喜欢语文。不知为什么，我从小就喜欢语文。

以前我的语文成绩不好，数学成绩好。现在语文成绩好了，数学成绩又不好。我从小就有偏科的现象，老师，您能告诉我，这是为什么吗？

最近的学习任务又加重了，平时也没有时间看看电视、玩玩手机了，每天都是这样，除了周末清闲一些。

其实每次清闲时，都有些想上学，因为学校有好朋友可以嬉戏，有老师可以辅导，很开心！

不多说了，期待和老师的下次谈话。

祝您一帆风顺！

您的学生：慧慧
2015.09.26

慧慧同学：

你好！

看得出来，你是一个喜欢学习的孩子，但又对自己的偏科问题很烦恼。现在，老师就和你一起来探讨一下，偏科怎么办？

偏科，通常是指一个学生在学习学校文化课程中，某一门或几门功课成绩特别好或比较好，而剩下的功课成绩特别差或比较差。偏科是许多孩子在学习过程中不可避免的现象。造成偏科的原因有很多，但总的来说，主要是受自身因素和外界因素的影响。

第16封信：制订一个纠偏为正的计划——怎样不再偏科

从自身因素来看，主要是自己对某些科目就是不感兴趣，不想去好好学习。其中或许有性别差异，如有的男生会对数学等理科比较感兴趣，而对语文等文科不太感兴趣。而女生刚好相反，有的女生会对语文等文科比较感兴趣，而对数学等理科则不太感兴趣。此外，由于各门功课在学习方法上也存在一定的差异，所以如果自己的学习方法不正确，也会导致偏科。

从外界因素来看，可能与老师、家庭的影响有关。在学习的过程中，如果某位同学不喜欢某门功课的老师，对老师的言行常常感到不满，就无法激发学习的动机和热情，从而不愿意学习这门功课。因为不喜欢某个老师，往往就导致不喜欢该老师所教的学科，久而久之，学习成绩下降，失去信心，导致偏科现象发生。另外，一个家庭的文化氛围以及家长的爱好、职业等因素也会诱发孩子偏科。例如，有的家长喜欢体育运动，孩子就偏爱上体育课；有的家长喜欢文娱活动，孩子就偏爱上音乐课。

这样一分析，你也想想看自己是由于什么原因导致偏科的。偏科是一件很不好的事情，这一点你也知道，所以很烦恼。通常，偏科一则会降低自己学习的信心，二则会影响自己对其他学科的学习。我们知道，各门学科之间的知识是相互联系、融会贯通的。如果咱们在初一就出现偏科现象，那么必然会影响今后在初二、初三的学习。时间长了，就不是偏科的问题这么简单了，而是自己的总体学习状况会变差。

你听说过"短板效应"吗？一只木桶能盛多少水，并不取决于最长的那块木板，而是取决于最短的那块木板，故称为"短板效应"。由此可见，你的学习成绩好不好，不是由你最擅长的学科决定的，而是由你最弱的学科决定的。因此，咱们一定要想办法解决偏科的问题。所有学科齐头并进、全面发展，才是最好的。

偏科还存在着假性偏科和真性偏科的问题。所谓假性偏科，就是某门功课成绩比较差，不过只是暂时的，过一段时间又会变得好起来。但是如果长期都处于偏科状态，并且自己也很努力地去学习了，还投入了很多精力在落后的课程上，方法用尽依然收效甚微，就有可能是真性偏科了。不过，据老师分析，你是属于假性偏科，因为你以前"语文成绩不好，数学成绩好。现在语文成绩好了，数学成绩又不好"，你偏的课程是变化的，不固定，所以你是假性偏科。这样一来，就很容易纠正了。

现在，咱们来制订一个纠偏为正的计划。

第一，调整偏科心态。越是自己的弱科，越要勇敢面对，不能逃避。平时，对于自己成绩不好的学科,你可能一见到就想放弃,总感觉自己学不好。爱迪生曾说过:"去做让你害怕的事情,害怕自然就会消失了。"只要你调整心态,正确面对,你就已经向成功迈进了。你要有自信心,要经常在心里暗示自己:加油,我一定能行!我一定能把这门课学好!你还要学会自己跟自己比,只要下次比这次表现好,就是在不断进步了。经常这样想着,平时就会在这方面努力,时间久了,你肯定会把薄弱的学科赶上去。

你可以为自己制订一个计划,慢慢来提升自己落后学科的成绩。你说你现在数学成绩不好,刚进入初一,正是从头学习的好时机。你可以认真地看懂每一章节的例题,再做做书上的练习题加以巩固。拿着书本,从前往后地学习,一步一个脚印,扎扎实实打好基础,相信你一定可以把数学成绩提上去!

第二,激发学习兴趣。兴趣是最好的老师,浓厚的学习兴趣和强烈的求知欲望,是一个孩子取得学习成功的关键因素之一。中学生偏科往往受任课老师的影响比较大。如果是外界因素,如不喜欢某个学科的老师,从而导致自己对这门学科不感兴趣,可以换个角度来考虑,让自己喜欢上这门学科。

这时,你应该这样想,学习是自己的事情,咱不能因为不喜欢某个老师而影响了自己的学习。咱要多观察老师的优点,喜欢上这个老师。咱还要表现出对老师的喜爱,老师感受到了,自然也会喜欢你。师生之间感情好了,你对该科目自然就有了兴趣。

在此基础上,你还可以给自己确立学习目标,激发自己的学习兴趣。每一个小目标实现的时候,就是自己取得进步的时候。只有把被动的"要我学"变成主动的"我要学",你的学习才能进入最佳状态,才能达到最好的学习效果。

第三,掌握正确方法。俗话说:"方法不对,努力白费。"只有掌握正确的学习方法,才会达到事半功倍的良好效果。我们都知道课前预习、课后复习,是很好的学习方法。但对于偏科的同学来说,主要还是应该在复习旧课上多下功夫,因为已经学过的知识出现了问题,才导致自己该科目的学习成绩越来越不好了。

例如,你说自己现在的数学成绩不好,你就可以从头看看,自己是在哪里出现了问题,然后重点从那里攻克。学习数学等理科类知识,就像爬楼梯,上了第一层,才能上第二层。一层都不能漏掉,否则就上不了高楼。当你找到自己的知识断裂层时,及时补足,就可以很快赶上来了。能跟上老师的进度后,你就要学会预习,然后在课堂上认真听讲,完全弄懂每一节课的知识,课后再及时复习巩固。只要这样来学习,你的弱科肯定会慢慢变强。当你的作业或试卷一次次做得好并被任课老师肯定时,你学好该学科的自信心就会越来越强。

第四,坚持全面发展。虽然我们要纠正偏科的倾向,但也千万不能"矫枉过正"。若是弱科变强科,强科反而变弱科,也不是我们想要的结果。在抓弱科学习的同时,还要充分发挥自己的强科优势,全面发展。

其实,各门学科之间都是相互联系的。例如,语文培养同学们的理解能力、感悟能力,数学培养同学们严密的逻辑思维能力。如果语文没学好,领悟能力不够,就不能理解数学题目的意思,又如何去解答习题呢?如果数学没学好,思维不严密,就没法整理好自己的语言,又如何能让人明白自己的意思呢?因此,只有各门功课全面发展,我们才能真正地把学习搞好。否则,自己所谓的"强科"也只是相对自己的弱科而言的,并非真正的强科。坚持各门功课全面发展、齐头并进,才是解决偏科问题的关键所在。所以,热爱你所学的每一门学科吧!

从你的信中可以看出,你喜欢校园生活,喜欢和老师、同学们在一起,同时也希望自己的学习成绩好起来。如果你明白了自己的问题在哪里,又知道了如何去克服的话,未来的你肯定会越来越棒!热爱读书、热爱生活的你,一定是个好孩子!暂时的困扰不能阻挡你前进的脚步,老师相信,你的学习成绩一定会越来越好!

祝学习进步,天天快乐!

爱你的杨老师
2015.10.06

小贴士

木桶定律

木桶定律是讲一只水桶能装多少水,取决于它最短的那块木板。一只木桶想盛满水,必须每块木板都一样平齐且无破损。如果这只桶的木板中有一块不齐或者某块木板上面有破洞,这只桶就无法盛满水。这也可称为"短板效应"。任何一个组织,都可能面临的一个共同问题,即构成组织的各个部分往往是优劣不齐的,而劣势部分往往决定着整个组织的水平。因此,整个社会与我们每个人都应思考一下自己的"短板",并尽早补足它。

木桶的盛水量取决于桶壁上最短的木板。

第17封信：记忆力是锻炼出来的

——怎样背书又快又好

亲爱的杨老师：

  我背书背得特别慢。平常，我是按照一段又一段的顺序逐段背，但把几段话合到一起，我就背不出来了。上次学习《〈论语〉十二章》，我一段一段地全都会背，但合到一起，就背不熟了。晚上，我的记忆力更差。我背的方法是一段一段地读，然后再合起来背。

  爸爸教我的方法是死记硬背，他让我一直读一直读。要是我一开始在课堂上就按他那种方法背的话，那么到现在我有可能连一段话都不会背。

  上次，要默写《〈论语〉十二章》。我晚上开始背全文，只有前面一半不会，后面差不多都会。我一直背到快凌晨四点，但还是不会，而我的方法就是一直读。六点又起来背，还是有一点儿不会，又读。七点上学。到了中午又背，晚上回来再背，最后我只差一点儿就全部都会背了。

  杨老师，我不知怎样才能迅速把书背好。

您的学生：安安
2015.09.27

安安同学：

  你好！

  看了你的信，老师很吃惊。真没想到一份平常的家庭作业——默写《〈论语〉十二章》全文，竟然让你花费了那么多的时间。那天晚上，你一定没睡好。你居然一直背到凌晨四点，早上六点又起来背，然后直到上学去。那么少的睡眠时间，怎么能保证第二天精力充沛呢？今后，可不能再这样了。

  现在，老师就来跟你探讨一下怎样背书又快又好，希望对你有帮助。

第17封信：记忆力是锻炼出来的——怎样背书又快又好

其实你背书挺快的！记得那天在课堂上，我们每次理解完一段《〈论语〉十二章》，自由背诵后，你就很快举手，要求站起来为大家展示。因为你平常回答问题的机会少，所以那堂课上老师点你背书的次数最多。整节课，你背得专心致志，信心十足，老师对你的表现很满意。

本以为，学完《〈论语〉十二章》，大家在课堂上也都一段一段背过了，再综合起来背诵全文，对你们来说应该没问题的。因为有不少同学当堂都能背诵全文了，就算慢一点的同学，回家用点功，也应该能够较快地背下全文吧。不曾想，每个孩子的情况不同，这次背诵加默写的家庭作业，居然让你花了那么多时间。那么，问题在哪里？又该怎么解决呢？

根据这段时间对你的观察，老师发现你背书慢的原因可能有三点：一是专注力不强；二是理解力较弱；三是平时背的东西少了。这些原因导致你背书的速度较慢，记忆力没有锻炼出来。

首先，老师来引导你了解一下，人的智力是由哪些因素构成的。心理学上通常认为，智力是由注意力、观察力、思维力、记忆力、想象力等五个基本因素构成的。那么，这五个因素的作用各是什么呢？

注意力是智力活动的警卫，以及组织者和维持者；观察力是智力活动的门户，以及源泉；思维力是智力活动的核心，又是方法；记忆力是智力活动的基础，又是仓库；想象力是智力活动的翅膀，又是智力活动富有创造力的条件。

这几个因素是密切联系、彼此制约、相互影响的，每个因素的欠缺都会影响整个智力的水平。联系这几个因素，你来看看自己在背书方面有哪些做得不足，就知道需要从哪里加以改进了。

很明显，你的注意力、思维力、记忆力三方面有所欠缺，平时没训练好。从这三方面加以改进，你的背诵能力就可以提升了。

一是加强注意力的锻炼，注意力要集中。

在我们的学习中，注意力就像一个警卫员。你看，警卫员的作用就是阻挡外界的闲杂人员进入。如果在学习时，我们的注意力很集中，那么外界的一切干扰都不会影响我们学习的正常开展。

毛主席非常喜爱读书，他为了培养自己的专注力，增强自己的抗干扰能力，曾经每天早上都到城门口的闹市区看书。闹市里，有卖菜的、卖玩具的、卖饭的……吃喝声、叫卖声，此起彼伏。如果没有很强的注意力，怎么能够静下心来读书？

再回到你身上来,老师平时就发现你上课时常常走神,心不在焉。眼睛都不能专注在书本上,如何能把学习搞好呢?所以,从现在开始,你就要注意加强对自己专注力的锻炼。如果你有了很强的抗干扰能力,你的学习肯定不会有问题,背书就更不成问题了。

二是加强思维力的锻炼,思维要活跃。

在背书上,死记硬背是最慢的,即便背会了也很快就会忘记。只有在理解基础上的背诵,才是有效的,不但能背得快,还能记得久。这个理解能力,就是我们智力五大因素中的思维力。思维活跃的同学,理解能力就强。

在背书过程中,能一层一层地理解好每一段话的意思,再把每一层意思联系起来,我们就能很快把某段话背下来。在本次学习《〈论语〉十二章》的活动中,你之所以在课堂上背得很快,就是因为你在老师的监督下很专注,而且在老师的引导下理解了课文意思。例如,第三章,子曰:"吾十有五而志于学,三十而立,四十而不惑,五十而知天命,六十而耳顺,七十而从心所欲,不逾矩。"这段话按照时间顺序写出了孔子一生的思想变化与成长历程。在理解的基础上,你们知道了这段话的意思,很快就背下来了。但是如果不知道这段文言文是什么意思就开始背,则会背得很艰难、很痛苦。

俗话说:"磨刀不误砍柴工。"就像伐木工人,花点时间把刀磨锋利再去砍柴,也比拿着一把钝刀去砍柴要砍得快。背之前,花点时间理解一下,会背得又快又好。所以,今后你在背书之前,一定要理解所背的内容。

三是加强记忆力的锻炼,记忆力要好。

记忆力在智力活动中被比喻为仓库。事实也正是如此。一个聪明的人一般也是记忆力好的人。我们看电视上的知识竞赛节目,参赛选手几乎都拥有很丰厚的知识储备。那些每道题都能答对的胜利者,总是令观众赞叹不已。很难想象,一个头脑空白的人会是聪明人。

所以,你平时要多背书,多储备些知识,让自己的头脑丰富起来。我们的大脑遵循的是"用进废退"的原理。你越用,大脑越聪明;你越不用,大脑越迟钝。因此,你如果想让自己的头脑变得聪明起来,从现在起,就多多记忆一些知识吧!

俄国作家列夫·托尔斯泰有着传奇般的记忆力,他不但精通文学、历史、哲学,而且有广博的自然科学知识,还熟练掌握了五门外语。当然,他的这种记忆力不是天生就有的,主要是后天训练出来的。十六岁时,他自创了一套"记忆力体操",即每天起床后,都要求自己强记一些外语单词。天长日久,坚持不懈,他的记忆力就变得非常好。托尔斯泰每天坚持做"记忆力体操"十五分钟左右,一直到八十二岁逝世。其实,记忆力就像身体一样,只有每天都锻炼,才会越来越强壮。所以,如果你想让自己的记忆力好起来,就每天去背点小知识吧。

最后,老师特别要强调的是,复习很重要。"重复是学习之母。"因为我们的头脑有一定的遗忘性,怎样才能防止不必要的遗忘呢?最好的方法就是复习。

德国心理学家艾宾浩斯曾研究了人的遗忘规律:在识记后的短时间内,遗忘速度较快,遗忘数量较多,但过了一定时期以后,遗忘的速度减慢,遗忘数量也减少。因此,复习必须及时进行。一般来讲,最好是当天背会的知识,当天就进行复习,这样才记得牢固扎实。一周后,一月后,再进行复习,知识被记住的时间就更长。

谈了这么多,就是希望你能知道自己应该从哪里改进,从而让自己的记忆力强大起来。老师期待看到你的进步!

祝生活愉快!

爱你的杨老师
2015.10.06

小贴士

遗忘曲线

德国心理学家艾宾浩斯早在1885年,就对遗忘现象进行了系统的研究。为了使记忆尽量少受旧有知识和经验的影响,他用无意义音节作为识记的材料,把自己作为实验对象,做自我观察。有一个实验的做法是:把识记材料学到恰能正确背诵的程度,过了一定时间间隔,再重新学习,以重学时节省的诵读时间或次数作为记忆的指标,并记下不同时间间隔后的记忆成绩。这一实验结果如下表:

时间间隔	记忆率
刚记完	100%
20分钟后	58.2%
1小时后	44.2%
8~9小时后	35.8%
1天后	33.7%
2天后	27.8%
6天后	25.4%
31天后	21.1%

根据上表可得一条曲线,如下:

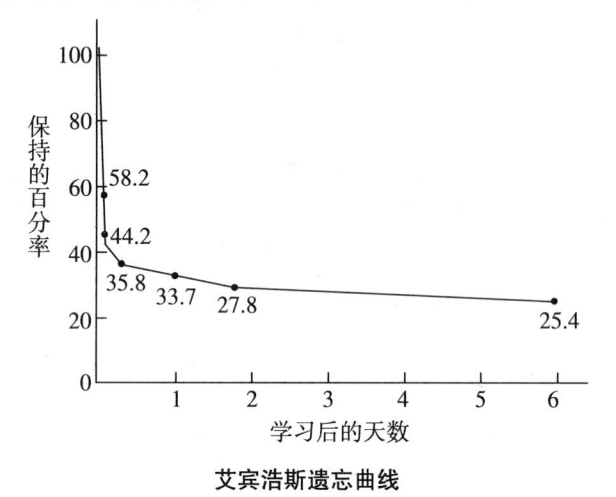

艾宾浩斯遗忘曲线

艾宾浩斯遗忘曲线有时也被称为保持曲线。曲线表明了遗忘发展的一条规律:在识记后的一个短时间内,遗忘速度较快,遗忘数量较多。过了一定时期后,遗忘速度减慢,遗忘数量也减少。这可以帮助我们正确地记忆。

有人做过一个实验,两组学生学习一段课文,甲组在学习后不复习,一天后记忆率为36%,一周后只剩下13%。乙组按艾宾浩斯记忆规律复习,一天后记忆率为98%,一周后保持86%。乙组的记忆率明显高于甲组,由此可见,只有运用科学正确的记忆方法,才能获得良好的学习效果。

第18封信：学会感动自己
——怎样让朗诵更有魅力

亲爱的杨老师：

您好！

听别人优美的朗诵是一种享受。可在自己朗诵时，该怎么做呢？我们的语文部长阳阳就朗诵得很好。

下个星期一升旗仪式上，我们班不是要在全校朗诵诗歌吗？我和阳阳、小加，还有兰兰，是站在前面领诵的。星期五排练时，我听见了阳阳朗诵的声音，感觉很美。她的声音让你感觉就像在草原上一样，那真叫享受。到我朗诵了，我感觉自己朗诵得还算可以。老师却说，我朗诵得没有抑扬顿挫的感觉，还有最后一个词要注意停顿延长。

我听后就改正了，但感觉怎么样都不及阳阳。我很想知道她是怎么朗诵的，我也想和她一样。老师，您可以告诉我一些朗诵的方法吗？

您的学生：晶晶

2015.12.05

晶晶同学：

你好！

那个星期一早上的升旗仪式上，全校师生都听到了你们声情并茂、错落有致的诗朗诵。你们四个领诵的同学表现得挺好，尤其是阳阳同学，真的很棒，给大家留下了深刻的印象。通过这次活动，你深深地感受到了语言的魅力，也希望自己可以在朗诵上有更大的提升。

如果说有什么办法可以让自己的朗诵更有魅力，那最关键的就是在明白几个要点后，多加训练。只有不断地练习、揣摩、品味，才能真正感受到朗诵的魅力。

要点一：声音洪亮，吐字清晰。

你感觉阳阳同学的朗诵很美，令人陶醉，但你是否发现，她的声音一直都很洪亮，能让全场听得清清楚楚。试想，一个大大方方、声音洪亮的同学与一个扭扭捏捏、声音弱小的同学，一起朗诵同一篇美文，你会喜欢谁的表现呢？当然是前者能够征服观众了。所以，声音洪亮是朗诵好一篇美文的前提，十分重要。如果做不到这一点，则很难被观众欣赏。此外，发音准确，字正腔圆，方能进一步赢得观众的喜爱，这也是朗诵的基础。

要点二：抑扬顿挫，富有节奏。

"文似看山不喜平。"写作如此，朗诵也如此。人们不喜欢听从头到尾一个腔调的朗诵，那样太过平淡，太过无味。在朗诵的过程中，声音抑扬顿挫，节奏优美，有低谷，有高潮，才能赢得观众的掌声。而这个高低起伏的变化是灵活的。语速的快与慢，语调的高与低，语气的轻与重，都是朗诵者根据自己的理解而做出的判断。例如："盼望着，盼望着，东风来了，春天的脚步近——了——"（选自朱自清的《春》）这句话中，加点的词语就应该重读，语调应该显得欣喜一些，语速应该稍微平缓一些，尤其是最后两个字要延长，从而表现出朗诵者对春天的盼望、喜爱之情。这样富有感情、富有节奏的朗诵，才是最有魅力的。

要点三：理解作品，把握精髓。

朗诵者对作品的理解与欣赏，决定着朗诵的效果。即使朗诵者有着高超的朗诵技巧，但如果没有准确把握住作品的内涵，其朗诵也是毫无意义的。我们在朗诵时，一定要把自己的感情融入对作品的理解之中。不同的作品，需要我们表达出的感情是完全不同的。例如，唐代诗人白居易的《钱塘湖春行》，表达了作者对早春西湖的喜爱之情，要读得欢喜；元代戏曲作家马致远的《天净沙·秋思》，表达了天涯游子孤寂的心情，要读得悲凉；现代诗歌《化石吟》，表达了人们对化石的赞美，对科学的探索，要读得深沉；苏联作家高尔基的散文诗《海燕》，表达了无产阶级革命者大无畏的精神，要读得激昂。

什么是朗诵？朗诵就是把文学作品转化为有声语言的艺术创作活动。真正的朗诵无非就是掌握以上几个要点，平时勤加练习。若想感动别人，首先感动自己。当你不断学习、享受朗诵魅力的时候，突然把自己都感动了，那么你的朗诵也一定能够感动他人。只要用心练习，时间到，功夫到，一定可以让自己的朗诵成为一种享受！老师期待你今后的精彩表现！

爱你的杨老师
2016.01.27

小贴士

朗诵的正确呼吸法

气息是声音的动力来源,充足、稳定的气息是发音的基础。有的人讲话或唱歌声音洪亮、持久、有力,其间有一个气息调节技巧问题,即呼吸和讲话的配合、协调是否恰当的问题。在正常情况下,说话是在呼气时而不是在吸气时进行的,停顿则是在吸气时进行的。朗诵则要求有比平时更强的呼吸循环。

朗诵时的正确呼吸方法,应当是胸腹式联合呼吸法(也称丹田呼吸法),即运用小腹收缩,靠丹田的力量控制呼吸。胸腹式联合呼吸介于胸式呼吸和腹式呼吸两者之间,是二者的结合。具体方法如下:

吸气:小腹向内即向丹田收缩,相反,大腹、胸、腰部同时向外扩展,可以感觉到腰带渐紧,前腹和后腰分别有向前、后、左、右撑开的力量。用鼻吸气,做到快、静、深。

呼气:小腹差不多始终要收住,不可放开,使胸、腹部在努力控制下,将肺部储气慢慢放出,均匀地外吐。呼气要用嘴,做到匀、缓、稳。在呼气过程中,语音一个接一个地发出,组成有节奏的有声语言。

这种呼吸方法可以使腹部和丹田充满气息,为发音提供充足的"气"。同时,由于小腹向内收缩,胸部向外扩张,以小腹、后腰和后胸为支柱点,为发音提供了充足的"力"。"气"与"力"的融合,为优美的声音奠定了坚实的基础。

练习呼吸的方法有如下几种:

1.闻花香:仿佛面前有一盆很香的花,深深地吸进其香气,控制一会儿后缓缓吐出。

2.吹蜡烛:模拟吹灭蜡烛,深吸一口气后均匀缓慢地吹,尽可能时间长一点,达到25~30秒为合格。

3.发"咝"音:咬住牙,深吸一口气后,从牙缝中发出"咝——"声,力求平稳、均匀、持久。

4.数葫芦:一个葫芦,两个葫芦……一口气能数多少个就数多少个,要数得清晰、响亮。

5.绕口令:出东门,过大桥,大桥底下一树枣儿,拿着杆子去打枣儿,青的多,红的少。一个枣儿,两个枣儿,三个枣儿,四个枣儿,五个枣儿,六个枣儿,七个枣儿,八个枣儿,九个枣儿,十个枣儿……

第19封信：多读·多悟·多练
——怎样做好课外阅读题

尊敬的杨老师：

  月考终于结束了，但是月考的结束代表着新的考试的开始。我的语文成绩还是一般，作文与背诵虽然不难了，但是，课外阅读题扣了很多分，使我的总分大大降低。

  上课时，您教过一些做课外阅读题的方法。例如，用一句话概括全文内容的模式就是：主人公在什么情况下干了什么事，结果怎么样。景物描写的作用通常是：渲染了什么气氛，烘托了什么心情，为下文什么事做铺垫。插叙的作用通常是：交代了什么内容，表现了人物的什么精神品质，为下文做了什么铺垫。等等。

  虽然这些方法我都会了，但我还是不会做题。只会死方法，不会灵活运用。就像我知道"1+1=2"，但是"100+1=?"就不知道了。所以，我要努力多做课外阅读题，争取在这种题目上不扣分。我要使我做课外阅读题的水平更上一层楼，努力在考试中做得更棒，不让我的语文成绩落后！希望老师能给我提点好的建议，好吗？

  祝您万事如意，嗓子好一些！

您的学生：小伟
2015.10.16

小伟同学：

  你好！

  看得出来，月考之后，你对自己有了新的认识，一方面感觉自己在写作及背诵上有了进步，但另一方面又发现自己在课外阅读题上做得不好，希望能有所改善。虽然在课堂上，老师教了一些做课外阅读题的方法，也经常进行这方面的训练，但对你而言明显不够。那么，现在老师就跟你好好谈谈怎样提高自己的课外阅读理解能力吧。

这个话题,其实是很多中学生都关心的。近年来,在中考、高考的语文试卷里均加大了对课外阅读理解能力的考查,要求同学们读完一篇文章,能有自己的心得,能提出自己的看法或疑问。事实上,阅读是一个复杂的思维过程,是阅读者对所读文章进行筛选、加工的过程。要想出色地完成一篇课外文章的阅读理解题目,就需要学生具备思维、感悟、表达等多方面的能力。这些能力的获得不是一蹴而就的,它既需要平时的积累,又需要适当的训练。在这里,老师给你提几条对策,希望能帮助你提高阅读理解能力。

策略一:多读。

一个人语文素质的高低,阅读能力的强弱,相当程度上取决于这个人的文学积累。文学积累靠什么?靠广泛的阅读。古人曾说过:"书读百遍,其义自见。"叶圣陶等著名教育家也曾多次强调:"要提高学生的阅读能力,靠薄薄的课本解决不了问题。""要大量阅读,有精读、略读,一学期读它八十万到一百万字不为多。"而实际情形怎样呢?一项调查显示:多数中学生阅读中外名著的记录为零。调查还显示:阅读中外名著在十本以上的学生,语文成绩一般都名列前茅,他们兴趣广泛,视野开阔,口头表达能力强,作文水平高,阅读能力也不是一般同学所能比的。

因此,从现在起,你要重视阅读课外书籍,尤其是阅读经典名著。如果说,你感觉自己的课外阅读题总是做得不理想,那么根本原因可能是你从小读的课外书比较少,积累得不够。

每学期,我们的语文书后面都会附有两三本必读名著。例如,七年级上学期就要求同学们读完两部名著《繁星·春水》《伊索寓言》,所以你应该在本学期就读完这两本名著,并多看其他的好书。此外,语文书上推荐的名著还有《童年》《昆虫记》《海底两万里》《名人传》《朝花夕拾》《骆驼祥子》《钢铁是怎样炼成的》《水浒传》《傅雷家书》《培根随笔》《格列佛游记》《简·爱》等。如果你读了大量的名著,有了一定的积累,你的学习成绩自然就会有很大的进步。

策略二:多悟。

语文学习靠的就是一个人的领悟能力。如果说数理化等理科的学习就像爬楼梯一样,必须循序渐进,上了第一层才能上第二层,上了第二层才能上第三层,需要一层一层打牢基础,那么语文学习则像"机关枪扫射",哪里是重点就主要攻下哪里。读书不能只停留在文字的浏览上,还要善于领悟,善于思考,这样才能读出书中之味。读一篇文章，要仔细地体味、品评、鉴赏，才能读好。

当我们做过了一些课外阅读训练后，要善于从每一次的训练中提炼出常见题型的解答方法，这也是一种悟。初中生要能区分各种文体。在现代文中，我们会依次学习记叙文、说明文、议论文这三大文体，每种文体都有各自不同的特点。七年级主要掌握记叙文的阅读理解方法即可。以记叙文为例，我们可以在平时的阅读中提炼出一些常见题型的解答方法。例如，一篇文章故事情节的概括方法通常为：主人公在什么情况下干了什么，结果怎么样。标题的好处通常是：制造悬念，吸引读者的阅读兴趣；点明主旨，写明主旨是什么。谈体会的方法通常是：自己的观点+具体事例。等等。至于其他文体的解题方法，以后都会学习到。当然，这些方法也是老师在不断地教大家做题的过程中，学习、领悟出来的。掌握这些方法，可以举一反三，应对所有的课外文章。

我们所提炼的这些解题方法，都是针对比较难一点的题型的。经常训练，你就会有明确的答题思路。其实，还有一些简单的题目，如用原文的词语或句子来回答，就需要靠你的理解判断能力了。在做题的过程中，你会发现，有时候能用原文语句回答的，尽量用原文中的语句回答，因为回答此类问题用自己的话往往不容易说得圆满、透彻。这些方法，需要不断练习才能掌握。

另外还要注意，做课外阅读题时，多围绕文章的主旨来回答，多根据题目分值来回答要点。因为很多题目考查的目的，最终还是要看看考生是否明白这篇文章的主旨是什么。而有些分数是根据答题要点给的，某一小题给两分，通常就要有两个答题要点；给三分，通常就要有三个答题要点。这样来思考，就可以提高你在课外阅读题上的分数了。

还有，不少考题考查的是学生的课外阅读情况，涉及历史、文学、政治等领域的基本知识。"功夫在题外"，平时多积累、多读、多看，这对课外阅读题的解答有着十分重要的作用。

在大型考试，像中考、高考中，我们永远都不可能做到曾经做过的文章。那些被拿来出题的文章基本都是近期在报纸杂志上新发表的文章。所以，我们必须要掌握这些常见题型的解答方法，才能以不变应万变，才能举一反三。

策略三：多练。

方法也要能活学活用。只有不断地练习，才能提高自己的课外阅读理解能力。练习是获取阅读知识和培养阅读能力的有效途径。课外阅读题是一种灵活性很强的题目，其特点就在于一个"活"字，所以必须多多练习，才能熟能生巧，越做越好。

这就像骑自行车，不论你掌握了多少骑车要领、骑车方法、注意事项，如果你不亲自去练练，永远都学不会骑车。只有在练习的过程中，你的能力才会一点点增强。

反过来想，多练真的很重要。一个小孩，即便他不知道骑车的方法、要领等，但是如果他天天推辆自行车在那里练习，过一段时间后，他也能学会骑车。这说明多练是学习的根本。

当然，如果在骑车时，有个教练在旁边指导，或许这个孩子的自行车会骑得更好，甚至玩出花样来。

所以，若想提高自己的课外阅读解题能力，就多看看课外文章、多做做课外阅读题吧，你一定会有进步的！

语文，特别是阅读，最讲究心领神会。平常读文章的时候，要养成多读几遍、反复揣摩的好习惯，多多留意文章的好句子、好见解。许多文章最深层次的东西就是表达真善美，只有多读、多悟、多练，方能在对文章的阅读理解上取得理想的效果。

本次就讲到这里吧，希望能解决你心中的困惑，对你有帮助。

祝学习进步，天天开心！

爱你的杨老师
2015.10.27

小贴士

关于阅读的名言

书就是社会，一本好书就是一个好的世界、好的社会。它能陶冶人的感情和气质，使人高尚。

——波罗果夫

阅读使人充实,会谈使人敏捷,写作与笔记使人精确,史鉴使人明智,诗歌使人巧慧,数学使人精细,博物使人深沉,伦理之学使人庄重,逻辑与修辞使人善辩。

——培根

我读书越多,书籍就使我和世界越接近,生活对我也变得越加光明和有意义。

——高尔基

书读百遍,其义自见。

——陈寿

书籍是屹立在时间的汪洋大海中的灯塔。

——惠普尔

读一本好书,就如同和一个高尚的人在交谈。

——歌德

第20封信：修得一支生花妙笔
——怎样才能写出好作文

尊敬的杨老师：

您知道吗？其实我很喜欢语文，可是我并不会写作文，每次写作文只能写两三百字，而初中生的写作要求是六七百字。别人写出来的文章，总是那么好，而我却这么差。

抄作文吧，别人的作文写得再好，但那毕竟是别人的。在小学里，有一段时间，我开始背作文。可是作文并不那么容易背，一个小时才背一小段。从此，我对语文不再那么感兴趣了，渐渐地离语文也越来越远了。

其实，除了写作文，我还有一个困惑，就是背诵。我的背诵能力极差，一句话别人三四分钟就背会了，我却要半个小时到一个小时。刚背会的东西，过一会儿又忘记了。

自从您教我以后，我便有了信心，因为，是您教给了我写作和背书的方法。之后，我的写作能力和背诵能力便没有以前那么差了。

祝老师身体健康，开开心心！

您的学生：奇伟
2015.09.20

奇伟同学：

你好！

看到你的变化与进步，老师真的为你感到高兴！这一切，竟然有这么神奇啊！其实，只要专心学习，掌握方法，每个孩子都可以是优秀的。

你说，你以前不会写作文，背作文也很艰难。自从老师的孩子上小学后，老师也发现小学有个现象，就是喜欢让小孩子背作文。这一点，我是很反对的。我从来不让孩子背作文，因为越背越难。背作文的弊端至少有两点：一是不懂得修改完善自己已经写好的作文;二是怀疑自己的背诵能力,从而失去信心。背作文导致许多小孩子不会写了,不会背了,这种做法不可取。

每次我家小孩的老师布置默写作文的作业时,我从来不让她背诵后默写下来,只让她用自己的话把自己的作文重新写下来就行了。这样一来,既不用那么辛苦地去背了,又可以轻松地写完自己的作文,孩子很喜欢。自己的作文写得好,还经常得到老师的表扬,这样多好!掌握正确的学习方法,越是能轻松学习,就越是喜欢学习了。

在这里,老师再和你交流一下写作与背诵的方法。这些内容老师在课堂上都讲到过,现在就解说得更详细一些吧。

先说说背诵。关于如何提高背诵能力的问题,老师经常强调一点,即在理解的基础上背诵。你说,你以前的背诵能力很差,这应该是过去背作文遗留下来的后患。死记硬背,当然很难。不理解的背诵,就算背会了,也很容易忘记。背的过程很难,背后又很快忘记了,渐渐地就对自己没有了信心。但是,如果我们掌握正确的背诵方法,先理解,再联想,背起来就很快了,而且这样背会的知识还不容易忘记。

俗话说:"磨刀不误砍柴工。"看到一段文字,先花点时间理解一下,再去背,效果会更好。理解了,弄清意思了,再去背的同学,肯定会比看到某段话就死记硬背的同学,要背得快。越背得快,就越有信心,越喜欢背诵了。

例如,我们学习《〈论语〉十二章》时,在老师带领大家理解后,同学们背得很快,背得激情四溢。第二章,曾子曰:"吾日三省吾身:为人谋而不忠乎?与朋友交而不信乎?传不习乎?"分别讲述了曾子从谋事、交友、学习三方面来进行反省。这样一理解,很多同学不到一分钟就会背了,非常快。不论是一章一章的理解背诵,还是几章串联起来背诵,大家都踊跃举手,纷纷站起来展示自己的背诵。同学们争先恐后的那种学习劲头儿,让老师很感动。

再说说写作。要想把作文写好,需注意三点:

第一,善于观察生活,做有心人。"问渠那得清如许?为有源头活水来。"生活是写作的源泉。无论是发生在班级、学校,还是家庭、社会上的事情,所有的一切都是我们写作的素材。如果你善于观察周围的天气变化、景物的四季更迭,你就会在文章中进行景物描写;如果你善于观察人物的高矮胖瘦、穿着打扮,你就会在文章中进行外貌描写;如果你善于观察人物的一举一动、说话内容,你就会在文章中进行动作、语言等描写;如果你善于观察人物的眉目表情,善于揣摩人物的内心思想，你就会在文章中进行神态、心理等描写。如果你能用心地观察生活，你写出来的文章一定会非常生动，能吸引读者。如果你在观察生活的基础上，再多多用心思考，写出来的文章一定有深度，会给读者带来思考。

第二，经常练习写作，做勤奋人。要想写好作文，离不开经常练习。俗话说得好："拳不离手，曲不离口。"多观察生活，多进行写作，才会下笔如流水。越是经常写反映自己生活的文章，越是会感到写作其实很简单。我想，这一点你应该已经感受到了。相反，越是抄作文，越是不练习真正的写作，就越是不会写作，越是会觉得写作很难。关于写作，其实并没有什么技巧，就是要常写常练。写的次数多了，自己就能感悟出许多好的写法。只有自己感悟出来的东西，才是最有用的。关于练笔，一是平时在课堂上要认真听老师讲解的写作方法；二是要坚持写周记，每周至少写一篇文章，多多益善。这样，平时多多练笔，再加上课堂写作训练，写作水平一定会越来越高！

第三，反复修改作文，做细心人。好文章是反复修改出来的。在每次的作文训练中，老师总会让同学们重新修改并誊写自己的作文，发扬优点，改正缺点。修改前，老师会评讲同学们写作中表现出的优点、亮点，也会就同学们写作中出现的问题给出改进意见。所以，在修改、誊写作文时，要根据老师评讲的共性问题，以及给自己作文批注的个性问题，细心地进行完善。我们只有平时多修改文章，才能一点点积累更多的写作知识，从而提升自己的写作水平。我国四大名著之一《红楼梦》，其作者曹雪芹用了将近十年的时间才写完，然后又反复修改，前前后后共修改了五次。大文豪鲁迅先生也很重视修改，他曾说："我做完之后，总要读两遍，自己觉得拗口的，就增删几个字，一定要把它读得顺口。"好文章是修改出来的。名人尚且如此，我们就更应该重视这一点。

曾经有一个秀才，有一天他梦到自己的毛笔头上盛开了一朵莲花，梦醒后他就变得才情四溢，下笔如有神了。这就是成语"妙笔生花"的故事。中学生经常练笔，经常写作，或许在你不经意间，笔下就开出了芬芳的花朵。愿你能修得一支生花妙笔！

好了，本次的交流就到这里，希望老师的这些话能对你有用。

祝你学习进步，天天开心！

爱你的杨老师
2015.09.25

小贴士

初中考场作文高分五大技巧

写好作文除了平时的积累和拓宽阅读面以外,有没有一些应试小技巧呢?不少从事一线教学工作的老师们总结了一些应试作文小技巧,可以帮助考生应对临场作文。

技巧一:作文成绩看字迹,得分要素是第一。

任何形式的作文考试,阅卷老师打分时,第一眼看的是字迹。因此,写作文必须要把字写好。记住,考作文考的是内容,而不是书法,切忌字迹潦草。

技巧二:动笔之前先拟题,漂亮标题吸引人。

考试作文一般都是由考生自己来拟定题目,题目不宜太长和太短。俗话说:"题好一半文。"拟题的原则是:确切、精练、生动、新颖、有意蕴、有文采。

技巧三:开头、结尾要简练,最好首尾两行半。

除了忌八九行的行文外,"大头作文"也要不得。建议考生在写作文的时候,开头、结尾各占两行半,顶多不超过三行半。否则,视觉会有瞬间的疲劳,影响阅卷老师的情绪。

技巧四:考试作文五六段,干净整洁看卷面。

考试作文要注意及时分段,三四个段落显得少了,八九个段落显得琐碎了。除非有特殊情况,段落以五六个为好。此外,卷面一定要整洁,不要涂改得乱七八糟。

技巧五:色彩对比也关键,建议用笔选择蓝。

考试作文的卷子上,都是用黑颜色印刷的方格,建议学生用颜色不浅不深、笔画不粗不细的蓝色中性笔写作文。这样写出来的文字,与黑色的方格形成一定的视觉对比,给人眼前一亮的感觉。

第21封信:善于提炼概括
——怎样写好事例的中心句

亲爱的杨老师:

您好!

我的作文虽说写得还可以,但是有一点我不太懂,我不知道怎么写排比段的中心句。排比段我会写,可我不会写它的中心句,即使写出来了,也不太好。上次那篇作文,您就说:中心句之间要有联系。可我不会,不知道怎么写好中心句,请老师指点一下。

老师,天气寒冷,注意保暖。

您的学生:朵朵

2015.12.04

朵朵同学:

你好!

写作训练是我们语文学习中很重要的一个方面。你的作文总的来说还挺好,你已经掌握了一些最基本的写作方法,只是目前比较困惑于不知道如何写好中心句。下面,老师结合近几年来我们襄阳地区的中考满分作文,来谈谈中心句的写法。

文无定法,真正的写作是不拘泥于任何形式的。但是,中学生必须要有一定的写作基础,在掌握了一些常见文体的写法后,才能进行创新,并自由发挥。在平时基础年级的调研考试或初中毕业升学考试中,老师发现,满分作文几乎有百分之八十是属于思路清晰、语言优美的散文,尤以排比段结构最为突出。

例如,下面这篇作文:

第21封信:善于提炼概括——怎样写好事例的中心句

恒心搭起通天桥

襄阳考生

有些同学在学习中是三天打鱼,两天晒网,却还梦想着要到达理想的高空。殊不知"人有恒心万事成,人无恒心万事崩"啊!古往今来,哪一个成功者不是用恒心为自己搭起了一座通天桥?

李时珍用恒心为自己搭起了一座通天桥,才著成了《本草纲目》这部惊世之作。李时珍为了改正以往书上的错误,他翻山越岭遍采标本,登门拜访虚心请教无数名人、当地人,还亲口尝试了一万多种药物,用了整整二十七年的时间才撰写好这部惊世之作,为后人在医学方面提供了参考。如果没有恒心做保证,又怎能写出这么伟大的著作?

梅兰芳用恒心为自己搭起了一座通天桥,才成为举世闻名的京剧大师。梅兰芳小时候眼睛无神,眼珠转动也不灵活,加上反应比较迟钝,师傅曾断言他不是学戏这块料。可梅兰芳却不信这个邪,为了练眼神,他养起了鸽子,眼球随着放飞的鸽子的运动而运动,从左转到右,再从右转到左,这样练眼神整整练了十年,终于练就了一双会说话的眼睛。如果没有整整十年的坚持,又怎能成就一代大师?

杨威用恒心为自己搭起了一座通天桥,才站在了奥运冠军的领奖台上。杨威的理想就是能在奥运会上夺得金牌,可是,命运却和他开了一个玩笑,连续几次,他都与金牌擦肩而过,但"千年老二"这顶帽子没有压垮这位二十多岁的体坛老将,他选择了坚持。他把曾经的失败转化为宝贵的经验,把艰辛训练的汗水转化为赛场上腾飞的实力,终于在2008年奥运会上"过五关斩六将",笑到了最后。如果没有恒心做保证,又怎能获得男子体操个人全能金牌?

"行百里者半九十",做事越接近成功越困难,越需要我们用顽强的毅力去征服它。朋友,你想到达理想的高空吗?那就别三天打鱼,两天晒网了,用恒心为自己搭起一座通天桥吧,顺桥而上,相信你一定能握紧理想的手!

这篇文章,首尾点题,思路很清晰。作者列举了李时珍、梅兰芳、杨威三个名人的事例告诉我们,每一个成功者都是用恒心为自己搭起了一座通天桥,取得了不凡的成就,很有说服力。

本学期，经过老师的指导，这种写法你们应该比较熟悉了，即写作时必须要把握好两点：一是要做到首尾点题，前后照应，使全文结构完整；二是要善于从几个方面（通常以三个方面为主）来举例子论证自己的观点，才更有说服力。而作为文章主体的这几个方面的事例，作者要善于给每个事例都加个中心句，方能令文章的思路更为清晰。所以，会给每段话提炼中心句是非常重要的。

那么，如何把几个事例的中心句写好呢？要注意以下几点：

第一，每个中心句都要注意点明主题。

中心句的提炼是至关重要的，必须要围绕作文的题目来进行。你看，上面这篇例文的三个中心句，每个都点题了。这三个中心句分别是：李时珍用恒心为自己搭起了一座通天桥，才著成了《本草纲目》这部惊世之作；梅兰芳用恒心为自己搭起了一座通天桥，才成为举世闻名的京剧大师；杨威用恒心为自己搭起了一座通天桥，才站在了奥运冠军的领奖台上。每个中心句都有题目"恒心搭起通天桥"的意思。

第二，每个中心句都要注意写作位置。

在此类文章的写作中，主体部分的几个中心句要么在每段的第一句，要么在每段的最后一句。当然，把中心句写在每段的第一句最为醒目，最容易让读者把握思路。但如果想把中心句写在每段的最后一句，最好另起一段。因为中心句在每个事例后面，单独成段，才会让读者更清楚作者的思路。咱们写作是为读者服务的，要有利于读者阅读与理解。

第三，每个中心句都要注意写作形式。

虽然每个中心句应该放在哪里明确了，但是如果中心句之间无共同之处，也不易让读者看出来。此时就要注意，让每个事例的中心句，句式相同，但内容不同。你看，上面的例文《恒心搭起通天桥》，其三个中心句的句式是相同的，都采用了"×××用恒心为自己搭起了一座通天桥，才……"这样的句式。但每个句子的内容都是不同的，人物名字不同，人物成就也不同。这三个句子合在一起就构成了排比句，扩展为三段话就构成了排比段。另外，在写中心句时，如果能恰当地使用比喻等修辞手法，会令你的语言增色不少。

第四，每个中心句之间要有合理的前后顺序。

初学写作，有的同学只关注用几个事例来表现主题，令文章丰富多彩，却忽视了每个事例之间也要有一定的合理排列顺序。上面的例文举了三个名人的事例,作者就注意按照合理的顺序来进行排列。李时珍是明朝人,梅兰芳是近代人,杨威是当代人。作者在举例时,就按照从古到今的顺序来进行排列,非常合理。所以,今后你在写作时,一定要合理安排好自己的几个事例、几个中心句之间的前后顺序。这样,你的文章思路会更清晰。

现在,你应该学会写好中心句了吧。希望你多多掌握写作的知识,以后写出更多更好的文章来！好文章是写出来的。平时,如果你写的文章多了,自然就会积累很多写作素材,领悟很多写作方法。坚持写日记,就是一种很好的做法。这就好比骑自行车,无论讲多少骑车要领、注意事项,如果不去实践,不亲自找辆车子练习,就永远学不会。而如果自己不断练习,即便什么都不讲,也能学会骑车。当然,如果旁边有一位教练加以指导,就会节省时间,进步更快,甚至练出花样来。希望我们本次的交流能很好地促使你写作的进步！

祝快乐每一天！

爱你的杨老师
2015.12.18

小贴士

名人谈写作

读书破万卷,下笔如有神。

——杜甫

文章合为时而著,歌诗合为事而作。

——白居易

我只能写我体验过的东西,我思考过和感觉过的东西,我爱过的东西,我清楚地看见过和知道的东西。总而言之,我写我自己的生活和与之常在一起的东西。

——冈察洛夫

必须还得阅读,不断地学习,注意观察周围的一切,不仅要努力从生活的一切现象里抓住生活,而且要努力去了解它——不管怎样,要完全忠实于真实性,不要满足于表面的研究,避免一切现象与虚伪。

——屠格涅夫

有些夜晚,文字在我脑海里像罗马皇帝的辇车一样滚过去,我就被它们的振动和轰鸣的声音所惊醒。即使在游泳的时候,我也不由自主地斟酌着字句。

——福楼拜

假如一个作家能从二十个到五十个,以致从几百个小店铺老板、官吏、工人中每个人的身上,把他们最有代表性的阶级特点、习惯、嗜好、信仰和谈吐等等抽取出来,再把他们综合在一个小店铺老板、官吏、工人的身上,那么这个作家就能用这种手法创造出典型来——而这才是艺术。

——高尔基

写作而不加以修改,这种想法应该永远抛弃。三遍、四遍——那还是不够的。

——列夫·托尔斯泰

第22封信：文章不厌百回改
——怎样修改作文

亲爱的杨老师：

有时候，我们在课堂上要写作文，可写完了以后，我总是对自己的作文感到不满意。虽然不满意，却又不知道该如何修改。

老师，当我写完作文后，请您多帮我写点评语，让我对自己的作文有些"自知之明"。我知道这样会使您的工作量加倍，但我还是想多知道一些关于我在作文上的不足之处。老师，您辛苦了，谢谢！

祝身体健康！

您的学生：兰兰

2015.12.05

兰兰同学：

你好！

你是一个非常体谅老师的孩子，既想多向老师学习，又怕老师辛苦。感谢你的理解，老师为你答疑解惑是应该的。有任何问题或想法，尽管告诉老师，老师会尽自己最大的努力帮你解决。

在最近的几封信里，你都谈到了有关写作的问题，如怎样积累材料、怎样不提笔忘字等。在老师的建议下，你学会了坚持写日记。今天你又问到怎样修改作文。关于这一点，老师是非常重视的。在我们班，每次的写作训练之后，必有一节作文评讲修改课。同学们先听老师评讲本次作文中全班表现出的优点及不足，再听几位同学上台念自己写的优秀作文，最后各自根据自己的实际情况修改并誊写好本人的作文。经过长时间的训练，同学们的作文已经有了很大进步。

教育家叶圣陶先生曾说过："自能作文，不待老师改。"所以，你现在必须学会自己修改自己的作文，这才是最有意义的事情。那么，如何修改作文呢？下面老师就详细地与你交流一番。作文的修改通常有两类：一类是大改，一类是小改。这正如医生给病人治病一样，患了大病就要动大手术，像跑题、偏题的作文即如此；而患了小病只需简单治疗即可，像存在语句不通顺等细节问题的作文即如此。所以，在每次作文修改课上，有需要大改重写的作文，也有只需要小改进一步完善的作文。

先说说大改。

此类作文出现的问题比较严重，基本上属于审题不准，思维不严密。写作时，首先要看清作文题目的意思是什么，抓住中心再进行选材创作。有的同学连题目都会写错，这是最不应该的。写作的第一步，就是把题目写准确。

第二步是选材，即你为表现主题而选择的事例、名言等，一定要符合题目的意思。例如，我们曾写过一篇题为"再过二十年"的作文，要求写二十年后的你是什么样子。但有的同学写成了未来的科技、环境等的变化，就跑题或偏题了，需重写。而审准题意的同学就写得很好。

选准材料后，第三步要考虑结构上的安排。一篇作文，思路清晰，结构合理很重要。例如，我们写过一篇题为"成长的滋味"的作文。有不少同学先写了一件快乐的事情，后写了一件痛苦的事情，这样的思路就不合理。因为人们通常喜欢的是先苦后甜，所以这两件事调换一下顺序，就符合人们的逻辑思维习惯了，结构就合理了。常见的写作顺序基本有三种：时间顺序、空间顺序、逻辑顺序。在写作中要合理使用。

一篇作文，题目准确，选材恰当，结构合理，基本就没有什么大问题了。

再说说小改。

此类作文出现的问题比较轻微，大的布局上都比较好，只需在细节上进行完善，常见的就是需要修改标点符号、错别字、病句等。其中，标点符号、错别字稍微好修改一些，较难的是修改病句。语言的锤炼与运用是一项基本功，需要长期训练。每个人的语言风格、语言特色都不尽相同，各有千秋。如何把病句修改好？有一个很简单的方法，那就是自己在心里默读几遍，如果你觉得不上口、别扭，可能就是病句，需要修改；如果你觉得顺口、自然，基本就没问题。当然，如果你能够多掌握点语法知识，会更有助于你修改病句。

此外，一篇作文的卷面整洁与否，也很重要。有的同学写字不规范，歪歪倒倒；有的同学写字潦草，看不清楚；有的同学卷面零乱，乱涂乱画，给人留下很不好的印象。因此，在重新修改誊写作文时，一定要养成好习惯，把每一个汉字写工整，把每一行汉字写整齐，让整个卷面清爽干净。

叶圣陶先生告诉我们："修改是就原稿再仔细考虑，全局和枝叶都考虑到，目的在于尽可能做到充分地、确切地表达所要表达的意思。"只要你掌握了如何从"全局"上进行大改，如何从"枝叶"上进行小改，你就学会了修改作文。

"文章不厌百回改。"好文章都是自己反复修改出来的。曹雪芹的《红楼梦》，批阅十载，增删五次；鲁迅的著名散文《藤野先生》，修改的地方有一百六七十处；钱锺书的《围城》，多次修改，变动达上千处；俄国作家列夫·托尔斯泰的《复活》，仅对主人公玛丝洛娃的肖像描写，就修改有二十次之多；美国作家海明威的《老人与海》，反复读过近二百遍才最后付印。

这样看来，作为中学生，你更应该多练习修改作文，以提高自己的写作水平。本来你的作文就写得挺好，再加上如此用心与努力，相信以后你的写作能力会越来越强！

爱你的杨老师
2016.01.29

小贴士

贾岛推敲

唐朝的贾岛是著名的苦吟派诗人。什么叫苦吟派呢？就是为了一句诗或是诗中的一个词，不惜耗费心血，花费工夫。贾岛曾用几年时间作了一首诗。诗成之后，他热泪横流，不仅仅是高兴，也是心疼自己。当然他并不是每作一首诗都这么费劲儿，如果那样，他可能就成不了诗人了。

有一次，贾岛骑驴闯了官道。原来他正琢磨着一句诗，名叫《题李凝幽居》，全诗如下：

闲居少邻并，草径入荒园。

鸟宿池边树，僧推月下门。

过桥分野色,移石动云根。

暂去还来此,幽期不负言。

  但他有一处拿不定主意,那就是觉得第二句中的"鸟宿池边树,僧推月下门"的"推"应换成"敲"。可他又觉着"敲"也有点不太合适,不如"推"好。到底是"敲"好还是"推"好,他的手一边做着"推"的姿势,一边做着"敲"的姿势,反复斟酌,不知不觉就骑着毛驴闯进了大官韩愈(唐宋八大家之一)的仪仗队里。

  韩愈问贾岛为什么闯进自己的仪仗队。贾岛就把自己做的那首诗念给韩愈听,还把其中一句拿不定主意是用"推"好还是用"敲"好的事说了一遍。韩愈听了,哈哈大笑,对贾岛说:"我看还是用'敲'好,万一门是关着的,推怎么能推开呢?再者去别人家,又是晚上,还是敲门有礼貌呀!而且一个'敲'字,使夜静更深之时,多了几分声响。再说,读起来也响亮些。"贾岛听了连连点头称赞。两个人并排骑着自己的坐骑回到了韩愈的家,后来二人还成了很要好的朋友。

  "推敲"从此也就成为脍炙人口的常用词,用来比喻写文章或做事时,反复琢磨,反复斟酌。

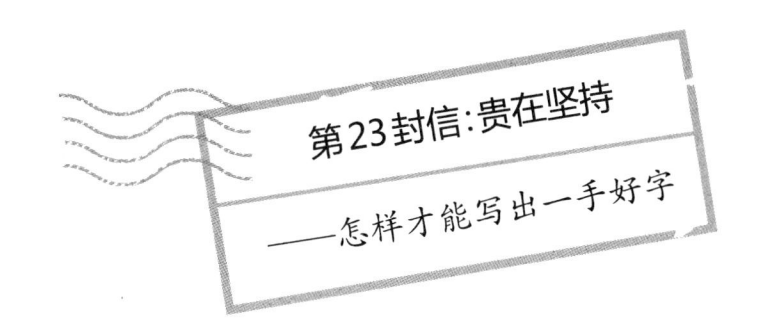

第23封信:贵在坚持
——怎样才能写出一手好字

尊敬的杨老师:

我想请教您一个问题:怎样写好字?

现在,我写的字一点都不好。但是,我一开始会写字时,字写得非常好。正因为写得好,我开始学习写行楷书。听同学说,要写好行楷书,必须会用行书的某些笔画代替楷书的某些笔画,或者说,用简洁的笔画代替难写的笔画。同学讲了一大堆,可是我一点儿都不懂。

随后,我自己归纳了一点:写的字"龙飞凤舞"就可以了。之后我日积月累,终于练好了"龙飞凤舞"的字体。我拿着这样的字给同学看,同学一本正经地说:"练硬笔行楷,得有楷体字的基础,就像人站稳了才能迈步走一样。如果没有楷书的基础,学习行楷时就没了规则、法度,像你这字儿,'龙飞凤舞'是不可取的。"说了一大堆,我一句话都听不懂。我的字,就写成了现在这个样子。老师,您说我该怎么办呢?

祝您天天开心,万事如意!

您的学生:奇奇
2015.11.02

奇奇同学:

你好!

看得出来,你很重视自己的书写,希望自己的字有更大的进步。的确,中学生能写出一笔好字是相当重要的。字写得好,既有助于自己的学习进步,还能赢得老师和同学的赞赏。

国家最新颁布的《语文课程标准》对初中阶段的写字要求是:"在使用硬笔

熟练地书写正楷字的基础上,学写规范、通行的行楷字,提高写字的速度。临摹名家书法,体会书法的审美价值。写字姿势正确,有良好的书写习惯。"由此可见,国家对中学生的写字问题很重视。

现在的语文等学科的考试,也很重视学生的书写。例如,初中语文考试的第一题通常是:"下面句子中有两个错别字,请改正后用正楷字将整个句子抄写在田字格中。2分。"而在批阅试卷时,这2分是这样分配的:书写为1分,改正确两个错别字为1分。其后,在考查古诗名句的默写时,每句只有1分,但写错一个字就扣掉1分。这就是说,虽然你会背诵,但写得不规范或不会写,就跟不会背一样,没有分。特别是最后一大题写作文,书写对考生的影响更大。漂亮的书写,无形中会为自己增分不少;而杂乱的书写,无形中会为自己降分不少。总的看来,一张语文试卷,书写差了,或许会不知不觉丢掉10分左右,影响还是很大的。但如果书写很好,不但不会丢分,反而会有助于提分。

既然如此,那么,怎样才能写好字,提高自己的书写质量呢?在这里,老师谈点自己的看法。

第一,端正心态,要认真踏实。

俗话说:"字如其人。"一个人字写得怎么样,跟他的心态关系密切。只要仔细观察,我们就会发现,不同性格的人写出来的字也是各不相同的。字写得大,字与字之间的距离比较散一些的人,往往比较开朗或马虎;而字写得小,字与字之间的距离比较挤一些的人,往往比较细心或小气。字写得有力量的人,往往比较踏实;字写得轻飘飘的人,往往比较浮躁。所以,你写的字是怎样的,基本取决于你的心态。男孩子,字一定要写得刚劲有力,整洁美观。从现在起,做事认真踏实,你的字也会变得好起来!

第二,姿势正确,要打好基础。

正确的写字姿势是写好字的前提条件。不少同学字写得不好,跟其错误的写字姿势有很大的关系。正确的写字姿势应该是这样的:坐要正,肩要平,背要直,身子和头部不能歪;两眼距桌面约一尺,前胸距桌沿约一拳。执笔要正,笔尖应向前,切忌内斜(只要掌心放平些,笔尖就自然向前);食指指尖距笔尖约一寸。写大字拿笔往上些,笔杆斜度要稍大;写小字拿笔往下些,笔杆斜度稍小;一般应倾斜在食指关节处。握笔要轻松,运笔才自如;握笔太紧,写出来的字,不会开阔大方。

要经常记住这三句话:"眼离书本一尺远,胸离桌面一拳远,手离笔尖一寸远。"掌握正确的写字姿势,不仅有助于自己写好字,更有利于自己的身体健康。正在长身体的你们,要经常学习,经常写字。在写字时,端正姿势,可以让你们脊背挺直,眼睛不近视,多好!

第三,注意观察,要掌握规律。

中国字是方块字,讲究写得端端正正才为美。对中学生而言,汉字一定要写得规范、正确、美观。老师提倡你们多练练楷体字,少练行楷字。因为行楷字中,有不少汉字的笔画都被省略了,在考试中,若这样写会被扣分。在答题中,更不能写行书,甚至草书。

在日常学习中,中学生的书写应该做到:每一个字端端正正,每一行字整整齐齐,书面整洁美观。这样,你写出来的作业或试卷才会令老师满意,令同学赞赏。

你以这个为基础,在练每一个汉字时,再进一步掌握规律。汉字的结构有许多种,除了独体字外,合体字通常又分为左右结构、上下结构、半包围结构、全包围结构等。我们语文书后面也附了一些名家的书法作品,你可以经常观察观察其写法,自己揣摩揣摩每一个笔画怎么写更好。在练习中体验规律,再用规律更好地指导练习,巩固和提高书写技能。只有在不断的观察、领悟中,你的字才会有更大的进步。

第四,养成习惯,要持之以恒。

小学时,你的汉字书写已经有了一定的基础。只要不练行楷,只练楷书,你的字会很快回到原来的好样子上面去。当你慢慢写字的时候,你的字应该写得很好吧!字写得不好,恐怕主要是因为心里着急,想快点写完作业,所以就没了章法,字就乱了。心不乱,字才不会乱。

平常有时间的话,你就慢点写作业,权当练练字。时间长了,字体稳定了,你再写快。作为中学生,你们的作业常常比较多,必须要从小就慢慢养成把字写得又好又快的习惯。否则在考试中,写得慢了,完不成任务;写得差了,影响考试成绩。

中学生练字的目标应该是四个字:又好又快。当然,这里的"好"指的是每个字都应写得清清楚楚、工工整整,绝不能潦草。中国的汉字书法源远流长,写字也是一门艺术。练就一笔好字,是人生的一大享受。而要想写一笔好字,一定要持之以恒地练下去。只有好好写,坚持练,你的字才会越写越好!

练字是思维活动，是感觉器官的一种锻炼，是眼、脑、手并用形成的一种特殊技巧，从不会到会，靠人指引或自己探索；从会到熟，必须经过反复的书写训练。在科学的练习方法指导下，在反复的书写训练中逐步提高，是学习写字的成功之路。勤字当头，贵在坚持，你一定会写出一笔好字！

　　祝你的字写得越来越好，学习更上一层楼！

爱你的杨老师
2015.11.14

小贴士

颜真卿学习练字

　　颜真卿的外祖父是位书画家，母亲也是个知书达理的人。他们见颜真卿很聪明，就教他读书写字。由于颜真卿刻苦好学，长大以后，他不但练就了一手好字，而且也成了一个博学多才的人。后来，颜真卿拜张旭为师，书法大有长进，张旭对收了这么一个好学生十分满意。

　　一天，张旭和颜真卿一起谈论书法，张旭问："三国时候的钟繇，把写字的方法归结为十二个字，你知道是哪十二个字吗？"

　　"是'平''直''均''密''锋''力''轻''决''补'，还有'损''巧''称'。先生，您看我说得对吗？"

　　"对！这十二个字是书法的精髓。现在，我把我多年的体会传给你。这'平'字是说横的笔画要写得平，但是，不能太平，要有气势，不呆板；'直'是说竖画要从不直中求直，下笔要放纵开来，不能歪斜变曲；'均'指的是字的笔画和笔画之间的空隙，要均匀自然，不能过远或过近；'密'是说笔画相连处要不露痕迹；'锋'是说每一笔的收处都要写好笔锋，使它挺健有力；'力'字很容易懂，是说字要写得有骨力；'轻'是说笔画在转折的地方，要轻轻带过；'决'的意思是说，下笔的时候，一定要果敢坚决，不能胆怯犹豫；'补'是指头几笔没有安排好，就要设法用下面的笔画来补救；'损'字很重要，是说在一点一画的书写上，要让人感到还有余意没有表达出来，能引起人的想象;最后是'巧'和'称','巧'是要把字的形体结构布置得富于变化;'称'不但是说字的笔画结构要匀称,在一篇字的布局上,也要大小、疏密得当,这样,字看起来才能匀称。写字的时候,只要注意按这十二个字的要求去写,字是一定能够写好的。"

"先生,您讲得太好了,我明白了写字的门径和精要。"颜真卿高兴地说。

原来,对这十二个字的解释,张旭从来没有向别人讲过,今天他传给了颜真卿,从此,颜真卿的字写得更好了。后来,他融汇了前代书法家的特长,自己创制了一种新字体。这种字体精神饱满,厚重朴实,刚健雄壮,很受大家的喜爱,人们叫它"颜体"。由于学写颜体字可以使人少犯缺乏骨力的毛病,所以初学书法的人都爱习写颜体字。

第24封信：让自律成为习惯
——怎样才能改变不良的学习态度

尊敬的杨老师：

  您好！

  今天我和您交流的话题是：怎样提高学习成绩？我觉得吧，上课一定要认真听讲。可我的注意力总是有一点不集中，要么干自己的事，要么说点小话，要么走神，我该怎么办呢？

  唉，我的毛病就是上课爱讲话。觉得听讲没意思时，或者老师让我们讨论时，我就开始说话，一说话就停不下来。老师一批评，就停了下来。我就好像一辆车，需要有人在上面踩一下刹车，才停得下来。然而过了一会儿，我又开始犯老毛病。我也是无法自拔，好像掉入深坑，无可奈何。

  老师，您就像是指挥交通的红绿灯，辛苦地工作着。只要有红绿灯，慌乱的车一下子就停了，变得井然有序。可是我就像那闯红灯的车，总是给您带来麻烦。上课就要说点小话，才能安心。您说该如何是好呢？这也影响了我的成绩，让我很烦恼。

  祝您天天开开心心，快快乐乐，高高兴兴，喜气洋洋！

您的学生：小程
2015.11.07

小程同学：

  你好！

  俗话说："态度决定一切。"其实，你的烦恼在于，你的学习态度影响了学习成绩。怎样提高学习成绩是个很宽泛的话题，你真正想知道的是：怎样改变自己的学习态度？不过，老师倒觉得你上课很少说小话，很少做小动作，还是比较认真的。但你能这样想是对的,说明你对自己要求严格,希望自己能完全改掉这些毛病。

今天咱们就来谈谈,怎样才能改变学习态度,让自己更专心、更投入地去开展学习活动。

第一,你要有强烈的学习动机。

"我要读书"和"要我读书"是决定学习态度好坏的关键问题。你应该问问自己,我为什么要读书?是不是为了自己的美好前途?关于人类的生存法则,著名生物学家达尔文曾提出一个非常有名的观点:"物竞天择,适者生存。"这是很现实也很正常的规律。你要不要通过学习,让自己变得聪明、强大起来?你要不要通过努力,让自己未来的生活更加美好?这样想想,你就会渐渐明确学习的目的。有了学习的动机,你自然会对学习充满激情。

只要认真规划好自己的未来,你就会热爱学习。咱们读书,最大的受益者就是自己。为了自己,你就应该努力,应该上进。为什么每当临近毕业时,那些大学生会害怕担忧呢?不就是害怕自己找不到好工作吗?不就是担忧自己未来的生活不够理想吗?很多同学因为态度不认真、不踏实,影响了自己的学习成绩,甚至荒废了自己的学业。等认识到学习重要性的时候,已经晚了。古人就曾警示过我们:"少壮不努力,老大徒伤悲。"

如果你希望自己以后有光明的前途,就一定要改变自己。现在好好学习,就是为以后的美好生活做准备。"知识改变命运。"许多贫寒家庭的孩子,不都是通过读书改变了自己的命运吗?古今中外有关知识改变命运的事例很多。比如陈景润,他原本家境贫寒,在一家杂货店当学徒。但他并不屈从于命运,而是自强不息,利用晚上自学数学,后来在清华大学旁听。再后来,他因著名的"哥德巴赫猜想"改变了自己的命运,甚至让世界震惊。所以,为了自己的美好未来,现在一定要好好学习,认真学习。

第二,你要有明确的学习目标。

走过小学,上了初中,接下来你有什么打算,要思考一下了。人,越长大越懂事。长大了,承担的责任也会越来越多。在家,要做个好孩子;在学校,要做个好学生;在社会,要做个好公民。认真学习,就是在对自己负责,也是在对家人负责,说大点,还是在对社会负责。如果说小学时,学业比较简单,无忧无虑就长大了,那么进入初中,你就要想想自己学习的目标是什么了。

未来的你，是想继续读高中考大学，学到更多的知识来完善自己，还是想在初中毕业后就读个职业学校，早点参加工作，为家庭减轻负担？你应该明确下来。许多人一生没有明确的目标，他们不知道自己该何去何从。就像在大海里航行的船只，没有方向，浪费时间，也不知何时能靠岸。但是如果有了明确的方向，这只船就可以在最短的时间里，快速靠岸。我们的头脑具有自动导航功能，一旦你有了明确的目标，它就会自动地发挥无限的能量，产生强大的动力，并且能够不断瞄准目标和修正你的行为，引导你实现目标。

第三，你要学会控制自己的行为。

只要有了强烈的学习动机，有了明确的学习目标，相信你的学习态度一定会变得好起来。现在，你首先要改正的就是目前上课时的不良行为，要懂得控制自己。你是一个有上进心的孩子，很想改正自己的不良行为，很想把自己的学习搞好。思想决定行动，有这样的想法，你就会有正确的行动。

在课堂上，你若是说小话、做小动作，老师发现了，肯定会提醒你及时改正。有老师的监督，你自然能做好。那么，若是没有老师的监督，你自己应该怎么约束自己呢？老师建议你在身边找一个榜样来学习，如你旁边的班长王艳慧、语文课代表赵正阳、李婉莹等同学，上课都很专心，你要多向她们学习。你想，她们能做到的，你也应该能做到。你们都是同班同学啊，更何况你还是个小小男子汉呢！你要像榜样同学那样，自觉学习，踏踏实实的，不但能管好自己，还能帮助老师管理好其他同学。

另外，你还要学会控制自己的思想和行为。如果意识到某件事或行为是不对的，不管它多么强烈地诱惑你，对你有多么大的吸引力，都要坚决抵制，决不做半点让步和迁就。培养自制力，要有毫不含糊的坚定信念和顽强意志。千万不要纵容自己，给自己找借口。对自己严格一点儿，时间长了，自律便成为一种习惯、一种生活方式，你的人格和智慧也因此变得更完美。

总的来说，端正学习态度是提高学习成绩的关键。良好的学习态度是一种自律，是一种习惯。你要懂得提升自己的思想认识，控制自己的行为。自控能力的强和弱直接影响到你的成败。你控制好了，学习就能事半功倍，效率很高。

第24封信：让自律成为习惯——怎样才能改变不良的学习态度

注意力是决定智力因素的首要条件，有了很好的注意力，学习成绩就会越来越好。国际上有一个通行的"舒尔特表"可以帮助你训练注意力，你平时可以多试试。附后，供参考。

祝学习进步，天天快乐！

爱你的杨老师
2015.11.19

小贴士

"舒尔特表"训练法

"舒尔特表"训练是国际通行的一种最常见和最有效的人的视觉定向搜索训练科目。心理学上运用这种表，一般是为了研究和发展心理感知的速度，其中包括视觉定向搜索运动的速度。通过练习观察"舒尔特表"，可以培养注意力控制与集中的能力，提高视觉的稳定性、辨别力、定向搜索能力。

为了提高注意力，可以选择不同难度和类型的"舒尔特表"逐级训练。如果没有现成的"舒尔特表"，也可以自己制作。很简单，在一张有25个小方格的表中，将1~25的数字打乱顺序，填写在里面（如下表）。

6	25	5	23	8
19	21	16	9	22
3	2	24	7	10
15	18	1	13	11
4	20	17	12	14

然后以最快的速度从1数到25,要边读边指出,同时计时。研究表明:7~8岁儿童按顺序寻找每张图表上的数字的时间是30~50秒,平均40~42秒;正常成年人看一张图表的时间大约是25~30秒,有些人可以缩短到十几秒。你可以自己多制作几张这样的训练表,每天训练一遍,相信你的注意力水平一定会逐步提高!

"舒尔特表"的使用方法:

第一,眼睛距表30~35厘米,视点自然放在表的中心;

第二,在所有字符全部清晰入目的前提下,按顺序(1～9,A～I,汉字应先熟悉原文顺序;"舒尔特表"有9格、16格、25格等,应从9格开始练起)找全所有字符,注意不要顾此失彼,因找一个字符而对其他字符视而不见;

第三,每看完一张表,眼睛稍做休息,或闭目,或做眼保健操,不要过分疲劳;

第四,练习初期不考虑记忆因素,每天看10张表。

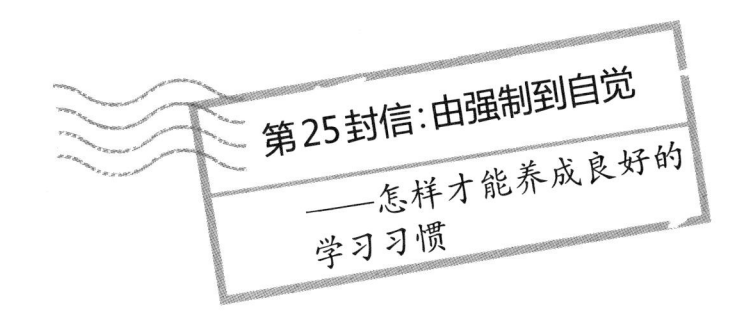

第25封信：由强制到自觉
——怎样才能养成良好的学习习惯

亲爱的杨老师：

语文怎样才能学好呢？作文怎样才能写好呢？背书怎样才能熟练呢？

我的词汇太贫穷了，在书信里我只能用一些平淡的词。老师，您说要多阅读书籍，到底要阅读什么类型的书籍呢？

每次作文都不能写得生动具体，得不到自己满意的分数。我不知道正阳、艳慧她们的作文为什么写得这么优秀呢？老师，我向您请教。

老师说："好记性不如烂笔头。"但是我不知道要记哪些重要的笔记。老师，您说话的时候慢一点，不然我跟不上。

老师说："要在理解的基础上背诵。"但我总是背不熟，把一二三句背熟了，四五六句就忘了；把四五六句背熟了，一二三句又忘了。我真是心灰意冷。

习惯是什么？老师总说一个小小的习惯会影响人的一生。我的习惯如何改正呢？我应该如何去养成好习惯呢？

我向您询问一下。

您的学生：豪豪

2015.11.01

豪豪同学：

你好！

在信中，你所谈到的学习问题其实都跟习惯有关。你问：中学生应该阅读什么类型的书籍？应该怎样写好作文？应该怎样记好笔记？应该怎样熟练背诵？等等。从这些问题可以看出，你对自己的学习十分忧虑，迫切地想寻找到好的学习方法，养成好的学习习惯。

你也知道习惯的重要性,一个小小的习惯会影响人的一生。那么,中学生应该怎样养成良好的学习习惯,以使自己的学习成绩更好呢?

我们首先要明白什么是习惯。习惯是一种看不见的力量,是在不知不觉当中养成的。一个孩子学习成绩的好与坏,不仅与他的智力有关,更重要的是还与他的学习习惯有关。俗话说:"与其给孩子金山银山,不如教给孩子好习惯。"因为良好的行为习惯是决定一个孩子未来成功的基础和保障。

那么,怎样才能养成良好的学习习惯呢?结合你的实际情况,老师给你提一点建议,希望能帮助你提升学习能力,学得轻松愉快。

第一,养成良好的阅读习惯,每天都读书。

现代社会,越来越多的人认识到读书的重要性。读书对一个人而言,就如莎士比亚的诗里说的:"生活里没有书籍,就好像没有阳光;智慧里没有书籍,就好像鸟儿没有翅膀。"读书,就全人类而言,就如高尔基的名言:"书籍是全人类进步的阶梯,是全世界的营养品。"因此,无论是一个人的进步,还是一个社会的进步,都离不开书籍。

书籍,是人类智慧与文明的结晶。那么,中学生应该阅读哪些好的书籍呢?每学期,我们的语文书后都会附有两三本必读名著。例如,七年级上学期就要求同学们读完两部名著《繁星·春水》《伊索寓言》。此外,初中语文书上推荐的名著还有《童年》《昆虫记》《海底两万里》《名人传》《朝花夕拾》《骆驼祥子》《钢铁是怎样炼成的》《水浒传》《傅雷家书》《培根随笔》《格列佛游记》《简·爱》等。如果你读了大量的名著,有了一定的积累,你的学习成绩自然就会有很大的进步。

阅读经典名著,可以为我们做人和学习语文打下坚实的基础。这是必须要多读的。除了经典名著,中学生还可以读读人物传记、作文指导、文学杂志等方面的书籍。人物传记,像《毛泽东传》《居里夫人传》等,可以使你在名人的奋斗经历中寻找到生活的力量;作文指导,可以使你从中学习到一些写作的方法与技巧,提升自己的写作能力;文学杂志,可以使你触摸到最新的社会动态,了解现实的世态人情。总之,好的书籍对我们都是有益的。

每天都带上一本好书,时时拿出来读读看看。养成好读书、读好书的习惯,将扩大你的视野,提升你的思维能力。

第二,养成良好的写作习惯,每周都写作。

如果说语文是一只美丽的鸟儿,那么阅读和写作就是这只鸟儿的两翼。只有这两只翅膀坚强有力,鸟儿才能飞起来,才能在广阔的天空中自由翱翔。在日常生活中,阅读是学习他人的作品,是输入;而写作则是创造自己的作品,是输出。

读了书,有了知识,我们就要学会写作。要想写好文章,就必须善于观察生活,善于思考生活。生活是我们写作的源头活水。生活有多么丰富,我们的写作内容就有多么丰富。每天的所见所闻、所思所想,生活中的一切都可以写进我们的文章里。经常写作,可以提高自己的思维能力和语言运用能力。

写日记,能记录我们的点滴生活;写读后感,能提升我们对人生的思考与理解;写小小说,能让我们展现世间百态;写议论文,能让我们思维缜密;写说明文,能让我们思路清晰。无论写什么样的文章,都对我们的能力提升有帮助。

古往今来,很多名人都爱写日记,像曾国藩、鲁迅、沈从文、雷锋等。关于写日记的好处,毛泽东同志曾说过:"今日记一事,明日悟一理,积久而成学。"因此,写日记也成就了许多人。中学生每天写日记可能有些不容易,或者不知道写什么,但是一定要养成写周记的习惯。每周至少写一篇文章,天长日久,你的写作水平自然就会提升。长期的写作,可以训练你的思维,培养你良好的手感,从而达到"下笔如有神"的神奇状态。

第三,养成良好的做笔记的习惯,每节课都写写。

"好记性不如烂笔头。"这是我们常说的话,意思是要学会做笔记。每天上课时,总有一些重要的知识点,需要我们用笔记下来。否则时间长了,就会忘记。老师在讲课的时候,这些知识点,同学们可能会觉得很简单,但当时记得,未必以后还记得。

人的一辈子就是一场记住和忘却的战争,结局往往是忘却胜出,但是做笔记可以弥补这一点。课堂上,凡是重要的内容,老师都会提醒大家做好笔记,以备今后复习使用。所以,只要上课专心听讲,明白老师的要求,你是应该知道做哪些笔记的。而且,在全班同学做笔记的过程中,老师也会照顾大多数同学,会让同学们都把笔记写准、写完的。只要是写字速度一般,不是太慢的话,是能够记下来的。

当然,还有不少同学有着良好的学习习惯,听讲很认真,会自动做笔记。老师没有强调必须要做的笔记,这些同学也会记下很多内容。能够这样做,当然很好。但是如果你不知道做什么笔记,一定要专心听讲,专心学习,必须要记下老师要求做的笔记。时间长了,养成了良好的做笔记习惯,你的学习效率就会越来越高。

第四,养成良好的背诵习惯,每天都背背。

人的背诵能力也是从小培养起来的。小时候,每个孩子的记忆力都非常好。如果在上幼儿园期间,一个小孩能经常背背古诗、背背短文,那么他的记忆力就会发展得很好。长大后,背书对这样的孩子来说,应该是不成问题的。无论老师布置了什么内容,他都可以顺利地背下来。

如果小时候没有养成良好的背诵习惯,现在也是可以弥补的。人的记忆力是可以训练出来的。给你讲个故事吧。俄国作家列夫·托尔斯泰的记忆力非常好,他不但精通文学、历史、哲学,而且有广博的自然科学知识,还熟练掌握了五门外语。但是,他的这种记忆力不是天生就有的,主要是后天训练出来的。十六岁时,他自创了一套"记忆力体操",即每天起床后,都要求自己强记一些外语单词。天长日久,坚持不懈,他的记忆力就变得非常好。托尔斯泰每天坚持做"记忆力体操"十五分钟左右,一直到八十二岁逝世。

其实,记忆力就像身体一样,只有每天都锻炼,才会越来越强壮。如果你想让自己的记忆力好起来,就每天去背点小知识吧。背得越多,你的记性就会越好。做一个勤快的孩子,多背背书,既提升了自己的记忆力,又丰富了自己的头脑。聪明是靠勤奋培养起来的。

所谓习惯,就是在某个时间段里一定要做某事,如果不做,就会感到不舒服。就像刷牙,每天都要刷,一天不刷,都不舒服。据说,二十一天可以养成一个好习惯。在这里,老师要特别强调的是,好习惯的养成需要一个由强制到自觉的过程。一开始,你强迫自己去做某件事情,过一段时间后,你能够很自觉地去做这件事情了,那么你就已经养成了这个好习惯。

好习惯一生受益。如果你养成了爱读书、爱写作、会做笔记、会背书的学习习惯,你的学习一定会很棒!

祝学习进步,天天快乐!

爱你的杨老师
2015.11.14

小贴士

关于习惯的名言

美德大多存在于良好的习惯中。

——佩利

起先是我们造成习惯,后来是习惯造就我们。

——王尔德

习惯,我们每个人或多或少都是它的奴隶。

——高汀

人应该支配习惯,而决不能让习惯支配自己。

——奥斯特洛夫斯基

心若改变,你的态度跟着改变;态度改变,你的习惯跟着改变;习惯改变,你的性格跟着改变;性格改变,你的人生跟着改变。

——马斯洛

习惯真是一种顽强而巨大的力量,它可以主宰人的一生,因此,人从幼年起就应该通过教育培养一种良好的习惯。

——培根

是否真有幸福并非取决于天性,而是取决于人的习惯。

——爱比克泰德

第26封信：把学习当成一种乐趣
——该不该上培训班

敬爱的杨老师：

　　您好！

　　我曾经看过一幅漫画，虽然过去了许久，但至今仍记忆犹新。

　　这幅漫画里有一只可爱的小鸭子，站在钢琴上"呱呱呱"地唱着歌，却不停地流眼泪，而旁边有两只大笑的大鸭子，周围的动物都用手捂住耳朵，个个都把嘴巴张得老大。为什么这幅漫画里的小鸭子在很伤心地流泪，而在它旁边的两只大鸭子在笑？我想：这两只大鸭子是这只小鸭子的父母，小鸭子的父母让小鸭子学钢琴，长大后当音乐家或歌唱家。小鸭子心里虽然有一万个不愿意，但是为了不让父母伤心，它只好勉强答应了。这幅漫画的情景就是小鸭子的父母正在给小鸭子开个人演唱会，小鸭子也在边演奏边说长大后要当歌唱家、音乐家。

　　当我看到这幅漫画时，心里顿生感慨。在现实生活中，有着许许多多像小鸭子这样的孩子，遇到自己不愿意做的事，父母却必须让我们做。即便我们心里有一千个、一万个不愿意，可是为了不让父母伤心，也只好答应了。有一些家长甚至连双休日都给我们安排满了，一会儿上书法班，一会儿上英语班，一会儿上奥数班，让我们整天忙得不可开交。父母这样做不是赶鸭子上架——强人所难吗？他们这样为我们好，我们可招架不住了。我们上了五天的学，好不容易有一个双休日，可以痛痛快快地玩一下，但是父母连一丝空闲的时间都不给我们，让我们连体味大自然的机会都没有。

　　在这里，我希望父母们让我们有一个快乐的少年时光吧！老师您说，我们是不是一定要上培训班呢？

　　祝开开心心每一刻！

您的学生：艳芳

2015.11.28

艳芳同学：

你好！

在信中你谈到了自己对上培训班的看法，同时你也很困惑，不知道中学生是不是一定要上培训班。这也应该是许多中学生正在面临的烦恼。

这些年，各种培训班像雨后春笋般，纷纷冒出头来。这些培训班里，有对学校所教的文化知识进行补习的辅导班，也有培养业余兴趣爱好的才艺班。老师认为，才艺班可以选择一个，持之以恒地学下去。现在的孩子，有许多从小都在学习古筝、钢琴、葫芦丝等乐器的，也有学习跳拉丁舞、爵士舞、国标舞的，还有学习绘画、下棋、书法、游泳、跆拳道的，等等。学习一门才艺，培养一种爱好，将其作为忙碌生活的调节剂，应当是挺好的事情。每年我们班级举行迎新年联欢会时，你若有一项拿手的才艺表演，岂不是一件很快乐、自豪的事情？掌握一门才艺，既可以快乐自己，也可以快乐他人。

但是，对于那些补习文化知识的辅导班，老师则认为，这应该因人而异，不一定非要去上。之所以有不少家长给孩子报了许多辅导班，是因为家长"望子成龙，望女成凤"之心迫切，特别希望自己的孩子在学习上能做到最好。其实，补习的效果如何呢？稍微观察一下就会发现，在我们周围，成绩好的同学，经过补习后，成绩还是好；成绩落后的同学，经过补习后，也没有什么起色。据调查，2015年全国高考状元有九成从未上过培训班。可见，不上培训班也能学习好。

首先，要珍惜在校的学习时间。

每天，你们在校大约有十节课的时间，上午五节课，下午五节课。只要紧跟老师的节奏，专心认真地学习，就能提高学习效率，获得良好的学习效果。每个老师都会尽心尽力、认真细致地教好自己的学生。只要你足够专注，就能跟着老师把所学知识从易到难掌握好。一个孩子在课堂上有着良好的学习习惯，学习成绩自然会好。相反，若一个孩子在课堂上没有良好的学习习惯，即使课外去上补习班，在补习班也不会有良好的学习习惯，自然很难学好。所以，珍惜在学校的课堂学习时间是很重要的。

其次，要安排好业余的学习时间。

著名科学家爱因斯坦说："人与人的差异，在于业余时间。"对于一个学生来说，走出校园后的业余时间是轻松的。但同样是在自主安排的时间里，有的同学在看电视、玩手机、打游戏、逛街，有的同学却在看书、做题、思考、钻研。你说,来到学校,哪种同学的学习成绩会更好呢?很明显是后者。课堂上,老师开展的常常是共性教育,对所有同学讲着同样的内容,并监督着所有同学的行为,大家的学习效果自然相差无几。可在课外,在老师看不到的地方,靠的就是自己的主动性了。在自己的业余时间里,要学会主动学习,一方面能认真完成老师布置的作业;另一方面会预习新课,复习旧课,打牢知识基础。

《论语》中有一句话:"知之者不如好之者,好之者不如乐之者。"这里其实讲到了学习的三重境界:第一重境界是"知之",因为知道学习很重要而去努力学习;第二重境界是"好之",即感觉学习这件事挺好,喜爱学习;第三重境界是"乐之",即把学习当成一种乐趣,随时随地都在不知不觉地学习。当一个人全身心地投入学习中时,会发现这里的世界很美丽,充满了趣味。当你达到第三重境界时,你的学习成绩一定会很好!

如果一个学生课内课外都会学习,还需要去上补习班吗?希望你和你的同学们都能正确地对待学习这件事,不要再让自己为上不上培训班而烦恼了。

学习是一件有挑战性的、有意思的事情,一定要努力!

爱你的杨老师
2016.01.23

小贴士

优秀中学生的十大特点

1.以学为先

一旦打开书本,他们绝大多数都能做到电视不看、电话不接、零食不吃,精力高度集中,有一种投入其中、自得其乐的状态。在他们心目中,学习是正事,理应先于娱乐。他们一心向学,气定神闲,心无旁骛,全力以赴,忘我学习。

2.分秒必争

他们善用零碎时间,每天在晨跑中、吃饭时、课间、课前、休息前等零碎时间里记忆词语,背诵公式,破解疑难,调整情绪。无论他们怎样各具特色,有一点是一致的:保证学习时间,学会见缝插针,利用好空余时间。

3.阅读有方

学会了速读和精读,阅读前先看目录、图表及插图,先有初步了解后再阅读正文就能学到更多的知识。一有空,就广泛涉猎课外其他领域的知识。练就了良好的记忆习惯和能力。

4.合理安排

把常用的与学习有关的东西都放在伸手可及的位置,做事有主见、有策略,每日有日计划,每周有周计划,按计划有条不紊地做事,不一曝十寒。做好学习、工作、生活的"司令员",从容做事。

5.勇于提问

他们知道高分是来自对知识的透彻理解和掌握。在学习的过程中,要把没有弄懂的问题通过提问,通过爱问,以求达到深入研究、仔细体会的目的。在学生群体中间,好问的学生占有老师大量的资源,有一种得天独厚的优势。

6.善做笔记

优秀中学生往往一边听课一边记重点,不是事无巨细全盘记录,而是善于记下老师补充的东西、课本上没有的东西,特别是思维方法,更是认真记录。老师在课堂上强调的重点,在他的笔记本里都能找到。

7.勤于思考

这一条贯穿于听课、做作业、复习等各个阶段。做完一道题后,他们会反思,以达到举一反三、触类旁通的效果。学习时不仅将课本中各知识点记住,还通过思考,抓住各知识点之间的内在联系,以便形成清晰的知识网络。

8.书写整洁

书写整洁的解答通常比潦草乱画的得分高。尖子生会把每次作业当作考试,字迹工整,步骤齐全,术语规范,表述严谨。规范,不仅可以训练仔细、认真的品质,更能养成细心、用心的习惯,从而激发学习潜能。

9.自我调整

不回避问题,遇到问题能通过找老师、同学或者自我反思进行自我调节。不管是课业繁重还是轻松顺利,都能保持一颗平常心。不断地对自己进行积极的心理暗示,在这样积极的心理暗示下,信心值就不断上升。

10.学习互助

与同学相处开心,遇事不斤斤计较,宽容豁达;珍视同学间的友谊,在学习中互相支持和帮助。有了这种和谐的同学关系,才能全身心地投入学习中,从而保持较高的学习效率。

第27封信:让书香陪伴一生
——怎样读书

亲爱的杨老师:

您好!

我们的语文书上有一个综合性学习活动,主题是"少年正是读书时"。说到读书,您有什么秘诀呢?

在我小时候,每天晚上睡前都要先看半个小时的书。小学老师说,这样有助于睡眠。每次我看的书都是故事书、童话书,当然还有语文书。

老师,您说睡前读书好吗?是早晨的记忆力好,还是晚上的记忆力好呢?

我真希望再回到小时候,毕竟那时无忧无虑、快快乐乐的,从不知什么是烦恼。

祝您周末快乐,事事顺心!

您的学生:心慧

2015.12.20

心慧同学:

你好!

书籍是人类智慧的结晶,人们可以通过书籍扩大眼界,增长知识。你从小就养成了看书的习惯,这是一件很好的事情。鲁迅先生曾说:"我把别人喝咖啡的时间都用在了读书上。"古往今来,像这样热爱读书的人有很多。而风华正茂的中学生,更应该珍惜美好的少年时光,好好读书。

若问读书有什么秘诀?老师想,会读书的人必懂两点,即泛读与精读。

泛读,指广泛地涉猎各种知识。古人讲:"学富五车,才高八斗。"可见,只有做到"学富五车",才能达到"才高八斗"。历史上,哪一个才华横溢的人,是没读过大量诗书典籍的?当书本知识很好地被应用于现实生活中时,更能释放出无穷的力量。

毛泽东同志便是将书本知识与实际生活结合到极致的伟大人物。他一生阅读过大量的书籍,从年轻时四处求学,到后来行军打仗,再到最后治理国家,与其一直紧密相随的就是书籍。无论走到哪里,他都会把书籍带到哪里。毛泽东同志的中南海丰泽园故居,简直是书天书地,书架上、办公桌上、餐桌上、床上,到处都摆满了书籍。毛泽东同志终身酷爱读书,他的读书范围十分广泛,从古代的到近代的,从中国的到外国的,从马列主义著作到西方资产阶级著作,从社会科学著作到自然科学著作等,包罗万象。他渊博的知识与伟大的领导才能,就来源于读书与实践。密切联系实际,广泛读书,是毛泽东同志留给我们的宝贵精神财富。

读书让人智慧。唐代李白"五岁诵六甲,十岁观百家",方成一代"诗仙"。明代李时珍从小就读完《释鸟》《释兽》等难读的书,还认识了大量的父亲行医的汤头药方,方成一代"医圣"。爱迪生是人人皆知的发明家,他曾说过自己成功的奥秘:"现在回想起来,在底特律公立图书馆,我是从书架最下一层的第一本书开读,一本一本地看了个全架。我不是读几本书,而是读了一个图书馆……"这还不包括他后来读过的大量的书。由此可见,广泛地涉猎各种知识,是一个人成功的基础。

如果说泛读是在撒网,要的是广度,那么,精读就是在挖井,要的是深度。对于自己感兴趣的书籍,人们自然会认真、细致地阅读,以求理解透彻,对自己有用。像圈点批注、做摘抄笔记等都是属于精读的学习方法。

宋朝名士苏轼就善于精读,他喜欢通过抄写关键字词来记诵文章。一天,有位朋友去看苏轼,发现他正在抄《汉书》。朋友感到很不理解,凭苏轼的天赋和"过目成诵"的才能,还用得着抄书吗?苏轼说:"我读《汉书》到现在已经抄上三遍了。第一遍每段抄三个字,第二遍每段抄两个字,现在只要抄一个字了。"朋友半信半疑地挑了几个字一试,苏轼果然应声能背出有关段落,一字不差。苏轼不仅三抄《汉书》,其他如《史记》等几部数十万字的巨著,他也都是这样一遍又一遍抄写的。苏轼以反复抄写关键字的方法来读书,以求更好地理解背诵。这种方法,他称之为"迂钝之法",正是"迂钝之法"成就了一代大家。

只有精读,才能对自己感兴趣的知识进行深入钻研。鲁迅喜读《孟子》,此书对他后来的写作产生了很大的影响;刘心武喜读《红楼梦》,终成一代红学研究家;易中天喜读《三国演义》,其在央视《百家讲坛》的解说令人回味。其实,我们平时对课本知识的学习,也属于精读。精细的读书,是为广泛的读书打好基础的。

现代著名散文家秦牧主张,读书要学会"牛嚼"和"鲸吞"。"牛嚼"就是指精读,要咬文嚼字,能举一反三;"鲸吞"就是指泛读,要博览群书,胸有乾坤。精读可以帮助我们掌握作品的精髓,加深对作品的理解;泛读可以节约时间,更有效率地学到大量的知识。精读与泛读相结合,才能取得最佳的读书效果。

一个人如果养成了爱读书的习惯,无论早晨还是晚上,都会拿起自己喜爱的书去读。在泛读中有选择地精读,在精读时联系自己的实际思考,最后学以致用,这才是学习的意义。你又问老师,睡前读书好吗?当然好了。宋代书法家兼诗人颜真卿写了一首《劝学》:"三更灯火五更鸡,正是男儿读书时。黑发不知勤学早,白首方悔读书迟。"虽说这是写给男儿的,其实适用于任何人。一个人的少年时代是最佳的读书时光,我们应该珍惜宝贵的读书时光,不断充实自己,提高自己,为即将展开的更加绚丽的人生打下坚实的基础。

孩子,热爱读书吧,让书香陪伴你一生!

爱你的杨老师
2016.02.06

小贴士

名人的读书方法

教育家孔子的"学思结合法":学而不思则罔,思而不学则殆。

思想家孟轲的"独立思考法":尽信书不如无书。

理学家朱熹的"三到法":读书有三到,谓心到、眼到、口到。

文学家韩愈的"提要钩玄法":记事者必提其要,纂言者必钩其玄。

儿童文学家冰心的"创新法":读书恨与古人同。

学者陈善的"出入法":既能钻得进去,又要跳得出来。

史学家侯外庐的"热处理法":读书学习都应趁热打铁。

思想家伏尔泰的"再读法":重新再读一本旧书,就仿佛与老友重逢。

生活篇
唱响快乐的音符

第28封信：长大了应该是件好事
——怎样面对成长的烦恼

敬爱的杨老师：

您好！

老师，您知道吗？就在今天晚上放学回家的车上，有一个小女孩和一个小男孩在车上大声地唱着歌，和爸爸妈妈在一起笑得好开心！

看着那一对小孩儿，我心里想，我以前也是这样的。以前的我从不认为在公共场合大声喧哗会丢人，那样的无忧无虑真好！可是我明白，人总是要长大的。不过，当我想到小孩子可以不用烦恼未来、只有现在的快乐时，真的好羡慕！但是我已经长大了，再也回不去了。明白了这个，还是忍不住地伤感。

人长大了，有了烦恼；人长大了，没有了小时候的童真。有时候，真的觉得成长好残酷，掠夺了我的快乐、我的童真、我的无忧无虑。不过，成长貌似也让我重新拥有了很多。

成长，到底是好是坏？我真的不太清楚，因为成长有时会令我伤感，有时会让我开心。老师，您说成长到底是什么样的呢？

祝您身体健康，万事如意！

您的学生：艳慧

2015.11.27

艳慧同学：

你好！

随着时间的推移，你们都慢慢地长大了。流年诠释着成长的含义，生活让人细细地品尝着成长的滋味。在中学，褪去了儿时的天真与幼稚，你将会收获少年的稳重与智慧。

第28封信：长大了应该是件好事——怎样面对成长的烦恼

正如你所说，小时候无忧无虑，在公共场合大声喧哗也不会觉得丢人，而现在的你不会再这样了。时间好残酷，掠夺了你的快乐童真、你的无忧无虑，但你有句话说得好："成长貌似也让我重新拥有了很多。"

你问老师成长到底是好是坏，老师可以告诉你：从哲学的角度看，任何事情都具有两面性，这正如一枚硬币有正反两面一样。但总的来说，长大了应该是件好事，你的经历会更丰富，你的知识会更广博，你的能力会进一步提升。或许你并没有特别思考过，但你也朦胧地感觉到自己现在"重新拥有了很多"。

首先，你的经历丰富了。

伴随着成长的脚步，人的经历都在做加法。你有了上幼儿园、上小学、上初中的各阶段生活经历，你在每个阶段都会认识越来越多的老师、同学、朋友，你所经历的事情也会越来越多，慢慢地你开始思考生活，你变得有思想了。你说，人到底是无知好，还是有知好呢？答案是很明显的，当然是有知好。小孩子犯错了，大人基本不会计较，人们常说的一句话是："小孩子无知，不懂事嘛。"可一直无知下去，肯定是不行的。长大了，如果再犯错，就应该知道改正了。对生活有了更多的认识、更多的思考，你以后的脚步会更加坚实！

其次，你的知识广博了。

在幼儿园，孩子们主要是在玩耍中长大，在快乐中长大。他们最多认识几个拼音字母，会几道简单的加减法计算。在小学，学习的知识增加了一些，会读会写的汉字多了，会背的诗词文章多了，会加减乘除的运算，还会看许多几何图形，英语也开始打基础了。而现在，进入初中，不但学习语、数、外，还要学习政治、历史、地理、生物，以后还要学习物理、化学等。同学们学习的书本知识越来越多，了解的课外知识也越来越多。成长中的你是不是比儿时更有学问、更聪明呢？

再次，你的能力也提升了。

小时候，自己会做饭、会洗衣吗？现在，这些事对你来说，是不是很简单了？升入初中，当了班长，你得到的锻炼自然比其他同学多。与老师、同学相处的能力，管理、指挥的能力，组织、协调的能力，等等，都会在你的身上得到提升。长大了，你还学会了爱与尊重，懂得了以自己最大的努力来回报家人、师长及朋友；长大了，你还学会了承担责任，有责任心的人方值得他人依赖与信任；长大了，你还学会了树立生活目标，明白幸福的生活要用自己的努力去创造。

的确，比起过去，你"重新拥有了很多"。成长的路上，会有阳光也会有风雨，会有快乐也会有烦恼。然而，前进的脚步是无法阻挡的。所以，不要迷茫，不要伤感，昂起头，挺起胸，大踏步地朝前迈去，精彩的生活在向你招手！聪明的你，一定可以做得更好！

祝新年快乐，笑口常开！

爱你的杨老师
2016.01.21

小贴士

笑颜度过每一天

哪个年龄段才是最宝贵的呢？曾经有一个电视台把这个话题当作一期栏目播出，征询了很多人的意见。

一个女孩说："两个月时，因为可以被父亲抱着走路，可以充分体验父母的关爱。"

一个小孩回答："两岁时才是最美好的，因为那时不用去上学，想做什么就可以做什么，想要什么父母都可以满足，那时我们就好像是父母掌中的宝。"

一个女孩说："16岁时，因为我可以穿耳洞、戴项链了。"

一个少年说："18岁时，因为那时我已经成年并且高中毕业了，可以开车去任何想去的地方。"

一个中年男人说："25岁时，因为那时是精力最充沛的时候。现在我已经45岁了，越来越感觉力不从心了，就连走上坡路都感觉吃力。我25岁的时候，通常午夜才上床睡觉。可现在，一到晚上9点就昏昏欲睡了。"

有些人认为40岁时是人生中最美好的年龄，因为到40岁时，才是人生的开始。无论从精力还是生活、事业上讲，都刚刚走上人生旅途中最光明的那部分，以前只是在清理前进道路上的荆棘。

一位女士回答说："45岁时，因为那时已经尽完了抚养子女的义务，可以充分享受含饴弄孙之乐了。"

一个男人说:"65岁时,因为那时可以享受退休生活,操劳一辈子的心终于可以放下了。"

最后接受访问的是一位老太太,她说:"其实,生命中的每一天都阳光灿烂,只是人们不知道去珍惜。"

没错,生命中的每个年龄段都是美好的。有句名言:"一寸光阴一寸金,寸金难买寸光阴。"说的就是生命、时间的宝贵。

第29封信：从迷茫走向独立
——怎样顺利度过青春叛逆期

亲爱的杨老师：

  我最近好像有些奇怪，当妈妈说我写字不好、学习不好时，我发现我会顶嘴了，而且还会在心中偷偷说妈妈的不足。

  当妹妹吃东西挑食时，我会突然觉得她非常娇气，有些反感讨厌，甚至会说她几句。

  当老师在上面讲课，我在下面玩，被老师发现批评了几句后，我会不由自主地生气。

  我怎么变成这样了呢？以前，我是妈妈的乖乖女，她说什么我从不顶嘴，而且还百依百顺。就算她有不对的地方，我也会和颜悦色地慢慢给她讲。可现在，我是不是要成为一个妈妈眼中的"坏小孩"呢？

  以前，我对待可爱的妹妹都是说说笑笑的，从没发生过什么矛盾。可现在，我却有些反感妹妹。我是不是要成为一个妹妹眼中的"坏姐姐"呢？

  以前，老师批评我，我总是默默接受。可现在，我却感到生气。我是不是要成为一个老师眼中的"坏学生"呢？

  我曾经尝试过控制自己的情绪，可在一不留神之间又爆发了。我该怎么办呢？

  老师，我这样的情绪是正常的吗？若不是，我该怎么办呢？

  祝老师身体健康！

您的学生：小兰
2015.10.16

第29封信：从迷茫走向独立——怎样顺利度过青春叛逆期

小兰同学：

　　你好！

　　看了你的信，老师立刻感觉到，你长大了，你现在已经慢慢地进入青春叛逆期。这是每个孩子都会经历的，所以你不必惊慌。现在，老师就和你一起来探讨探讨青春期的特点，以及如何更好地度过青春叛逆期。

　　我们知道，人的一生要经历幼年、童年、少年、青年、壮年、老年等几个阶段。很明显，你已经度过了无忧无虑的童年，现在正渐渐步入彷徨迷茫的青少年时期，而这个时期又是人成长的重要转折点。青春期出现的叛逆现象也是人天生具有的特性。

　　其实，人生有三个叛逆期，即2~3岁，自我意识萌发期；7~9岁，准大人期；12~15岁，青春期。这三个叛逆期谁都会经历，只要我们有了正确的认识，就可以顺利度过。前两个叛逆期，因为年龄尚小，对大人还有很强的依赖，所以在时间的推移中，在家长和老师的引导下，你们已不知不觉度过了。而现在进入初中，这3年的青春期则和小时候不同，你们有了明显的自我意识，自然就莫名产生了更多的焦虑。

　　青春期是一个孩子从幼稚迈向成熟、从依赖走向独立的过渡期。这段时期容易产生各种各样的逆反心理，也就是"青春期综合征"。这一时期的孩子，一般来说性情较为忧虑、暴躁，对看不惯的事较易发脾气，与大人唱反调，经常顶撞父母等。这是因为孩子的自我意识开始增强，做事要按自己的意愿办，如果大人稍加约束，就会产生反抗心理。许多家长还发现，原来性格温顺、乖巧可爱的孩子变得脾气暴躁、行为异常了。

　　孩子们为什么会在青春期产生叛逆心理呢？这是因为青少年心理成长、生理成长与现实发生冲突的原因所致。其主要原因在于：

　　一是思想渴望独立。青少年正处于从对家长依赖到独立的过渡期，其独立意识和自我意识日益增强，希望能摆脱成人的监护和束缚。处于青春期的孩子，反对成人把自己看作小孩，喜欢以成人自居。为了表现自己的非凡，对任何事情都容易持批判态度。当他们感到或担心外界无视自己的独立存在、自我表现欲望受到妨碍时，他们就会产生强烈的逆反心理。

　　二是生理趋向成熟。青少年第二性征发育、生理成长趋向于成熟，身体内在与外在不适应，会发生自然冲突。受自身生理成长与心理成长的影响，青少年情绪波动大,浮躁不安,心绪不宁,心态不稳,容易冲动,自控能力差。其性格表现为:大多数因青春期情绪的自然波动,变得比较敏感、多疑,过分自尊、自卑、不自信;受心理暗示性极强,遇事容易冲动,不顾后果。

三是能力尚需提升。青少年的自主意识正在形成,自我价值感也表现得越来越明显。这时候,"我要自己做主"的主观意识很浓,抗拒一切强加于自身的外在观念。不过,独立意识虽强,但独立能力不够;表现欲望虽强,但执行能力不够;社会道德感虽强,但分辨是非能力不够;自尊心虽强,但承受压力能力不够。

四是平等意识增强。随着年龄的增长,生命的平等意识越来越强烈。青春期的孩子,对爱的本能意识有强烈的自我探索需求,爱憎分明,渴望得到家长理性、正确的心理引导,不希望被控制、代替、冷落、忽略。这个时期的孩子,讨厌过度的啰唆、教条式的教育管理,自我表现欲很强,渴望他人的肯定与认同,喜欢被适度地关注、鼓励、支持、认可、信任和尊重。

对于孩子和其父母来说,青春期是令人烦恼的过渡时期。其实,作为孩子,你们在这个年龄段只是追求自己的独立人格而已,你们渴望从依赖走向独立。明白了青春期的特点及产生原因后,我们来想想,应该如何顺利度过这个特别的时期呢?老师给你提几点建议。

第一,保持一颗阳光、愉快的心,遇事多找信赖的朋友、同学或亲人倾诉。

只有通过健康的渠道及时释放掉消极情绪,才能确保身心健康,切忌强行压抑自己不健康的情绪和情感。最重要的是心态,自信,乐观,还有多微笑。保持良好的人际沟通与交流,是获得人生智慧的重要途径。当青春期矛盾激化时,要保持冷静的头脑,多与父母、老师、朋友进行交流。这样,快乐可以一起分享,烦恼可以一起分担,你会感觉生活是很美好的。

第二,积极锻炼身体,多参加有益的活动。

俗话说:"生命在于运动。"只有健康的运动,才能及时唤醒生命的能量,疏通全身的经络,保持积极的情绪。健康的身体能让我们的每一天充满活力。处于青春期的孩子精力是旺盛的,多参加有益于身心发展的文艺、科技、体育等活动,可以把青春期旺盛的精力集中在努力学习、发展兴趣特长、追求进步上。

第三,多读好书,通过书中的智慧来及时弥补自身精神营养的缺乏和不足。

进入青春期,不能只想着自由、独立。真正的"成人",应学会孝顺礼貌、尊重宽容、承担责任等。要知道,现在所谓的叛逆期只是暂时的。多读书,多学习,让智慧来武装自己,你可以更好地适应青春期,还可以更加顺利地度过属于自己的美好青春时光。

总之,概括起来就是四个关键词:心态、沟通、锻炼、读书。有一颗阳光的心,有良好的沟通能力,你会生活得很快乐;经常锻炼身体,你会有一个健康的体魄;经常阅读好书,你会有一个智慧的头脑。拥有健康的身体和智慧的头脑,你一定能够顺利度过青春叛逆期,走向真正的独立!

进入青春期,不要烦恼,不要着急,不要害怕。走过幼年的懵懵懂懂,进入少年的徘徊迷茫,你必将迈向青年的独立自主。在从迷茫走向独立的过程中,你要有清醒的认识,做自己情绪的主人。青春期,也是一个孩子从"少年养正"逐渐向"青年养志"转化的阶段。希望你树立正确的人生目标,好好学习,天天向上!

祝你快乐度过每一天!

爱你的杨老师
2015.10.30

小贴士

青 春

[美]塞缪尔·厄尔曼

青春不是年华,而是心境;青春不是桃面、丹唇、柔膝,而是深沉的意志、恢宏的想象、炽热的感情;青春是生命的深泉在涌流。

青春气贯长虹,勇锐盖过怯弱,进取压倒苟安。如此锐气,二十后生有之,六旬男子则更多见。年岁有加,并非垂老;理想丢弃,方堕暮年。

岁月悠悠,衰微只及肌肤;热忱抛却,颓废必至灵魂。忧烦、惶恐、丧失自信,定使心灵扭曲,意气如灰。

无论年届花甲,抑或二八芳龄,心中皆有生命之欢乐,奇迹之诱惑,孩童般天真久盛不衰。人人心中皆有一根天线,只要你从天上人间接收美好、希望、欢乐、勇气和力量的信号,你就青春永驻,风华长存。

一旦天线降下,锐气便被冰雪覆盖,玩世不恭、自暴自弃油然而生,即便年方二十,实已垂垂老矣;然则只要竖起天线,捕捉乐观信号,你就有望在八十高龄告别尘寰时仍觉年轻。

　　注:《青春》一文,寥寥不足400字,一经发表,不胫而走,以致代代相传。世界上许多企业家、政治家都将它揣在衣兜里,随时研读。二战期间,美国将军麦克阿瑟在与日军角逐太平洋的过程中,就将此文镶于镜框,摆在写字台上,以资自勉。日本松下电器公司的元老松下幸之助说:"20年来,《青春》与我相伴,它是我的座右铭。"这是因为此文揭示了成功的必不可少的素质:创造性、理想、自信、面向未来。

第30封信:下一站幸福
——怎样面对重组的家庭

尊敬的杨老师:

您好!

这周上课让杨老师您不高兴了,我为此感到惭愧。我想对杨老师说"对不起",以后我上课一定认真学习,认真听讲。

放假在家里,被爸爸骂了,我很不开心。还有,杨老师,我的妈妈和爸爸早就离婚了。现在,我有一个后妈,可我看她非常不顺眼。她说的话,我就是不听,因为我不想有别的人来充当我以前的妈妈。

杨老师,如果您有解决的好办法,那请您在批阅我周记的时候,给我写上。杨老师,您说我以前的妈妈还认识我吗?她还会不会回来看我呢?

杨老师,您说我是应该跟我的后妈好好相处,还是直接跟她处处作对或者顺其自然啥都不干?这个问题我一直想不通,所以只能请您帮我出出主意了。

祝您万事如意!

您的学生:小羽

2015.09.20

小羽同学:

非常感谢你对老师的信任,愿意把心里的事情跟老师分享。老师想告诉你的是,爸爸既然已经给你选择了一个新妈妈,你又改变不了现状,那就跟她好好相处,顺其自然吧!你的亲妈永远都会认识你、记得你,因为你是她亲生的孩子!

在当今社会,重新组合的家庭已经很多了,其中也不乏生活幸福、其乐融融的家庭。有部电视剧叫作《家有儿女》,你看过吗?有空可以去看看,一定会让你开心地笑起来。在这部电视剧里,妈妈的亲生孩子是刘星,爸爸的亲生孩子是小雪和小雨。三个小孩都很活泼可爱,爸爸妈妈也都很喜欢他们。这个家庭里发生了很多有趣的事情，有争吵、烦恼，也有快乐、笑声。重组的家庭也可以生活得开心快乐。

　　现在的你，也有十二三岁了，是个小小的男子汉了。随着年龄的增长，你要渐渐地学会独立生活，也要学会与周围的人和谐相处。

　　首先，你要做一个自立自强的孩子。在家里，自己会做的事情自己做。平时，多做做家务活，就当作锻炼身体。比如，做饭、洗碗、拖地等许多的事情，如果你会做，最好；如果你不会做，要学着做做。这些都是一个人生活必须具备的基本能力，早晚都要学会的。当你做完这些活儿的时候，你会有一种成就感。只有劳动的人，才能体会到真正的幸福。而且，当你学着做这些家务活的时候，一方面锻炼了你各方面的做事能力，另一方面爸爸妈妈肯定会更加喜欢你。这样，你就会感到更充实、更幸福了。在学校里，你要努力把自己的学习搞好，上课专心听讲，课后认真完成作业。把学习搞好了，你开心，老师也开心，家里的人也会开心，多好！

　　其次，你要做一个友好善良的孩子。在学校里，和老师、同学友好相处，自然不必说了。在家里，也要学会和每一个人友好相处。其实，如果你换位思考一下，你的后妈也挺不容易的。从法律上讲，她总算是给了你一个完整的家庭，在外面你不说，别人就会当她是你妈妈；从道义上讲，她至少在生活上照顾了你，也会为你付出吧；从感情上讲，她也有她的无奈，你不是她亲生的，她对你再好也不够。如果是亲妈，怎么打、怎么骂都还是亲妈。所以，人与人之间是需要相互体谅、相互包容的。心胸宽广的人，才能生活得幸福。

　　现在，你能跟老师交流这个问题，说明你希望和后妈处理好关系。毕竟你们现在是一家人，你要试着把后妈当作长辈，去尊重她，去理解她，与她友好相处。谁不想和自己的亲妈永远在一起？但那已经过去，你必须面对现实。上一站已经离去，你要学会在下一站寻找到自己的幸福。

　　任何人都是有感情的，谁都不想永远生活在争斗中，试着与后妈友好相处，你对她好，她也会对你好。你一个小孩子都这么懂事，何况她是个大人呢？总之，对人友善一点，通常是会得到同样回报的。老师希望看到你能正确处理好与后妈的关系，希望看到一个快乐幸福的孩子！相信你的亲妈也希望你做个快乐的孩子。最后，老师送你一篇文章，是《一位妈妈写给自己孩子的二十句话》，希望这篇文章能对你有用。

爱你的杨老师
2015.09.23

> 小贴士

一位妈妈写给自己孩子的二十句话

我要你做的,是一个贵族,而不是暴发户。所以无论你是富有还是贫穷,无论你在什么地方,都要谦逊、礼貌、不卑不亢,虚心学习自己不会的、不懂的。只有这样,你才能不断进步,爬上巅峰。你要记住下面二十句话:

1. 坚信健康是快乐的源泉。
2. 不要试图什么都争第一。
3. 不要试图交到一个完美的朋友,也不要交很多朋友。
4. 学会用真诚的简单对付虚伪的复杂。
5. 谦虚、诚实和勤奋是摆渡人生从此岸到彼岸的三件法宝。
6. 你打个碗,妈妈可以原谅;你要是说谎,绝对不行。
7. 永远记住:"你讲话的语气比你讲话的内容要重要得多。"
8. 永远不要试图嘲笑那些有缺陷的人。
9. 不懂得宽容不会得到别人的尊重,过分的宽容则会失去自己的自尊。
10. 帮助别人,自己也会强大起来。
11. 学校里的考场上可以有59分,人生的考场上决不允许不及格。
12. 考上大学,你是我的孩子;扫马路,你还是我的孩子。只要保持高贵的人格,扫马路也可以扫出一个光明、纯洁的世界。
13. 爱情是一朵美丽的浪花,然而你生命的航船却要绕开它小心翼翼地行驶,因为你稚嫩的双桨运载不动神圣的职责。
14. 不管怎样,你都要学会培养自己有一项业余爱好或特长。
15. 读书是学习,阅读自然、了解社会是更重要的学习。
16. 懒惰是对身心的一种伤害,拖拉永远是一种恶习。
17. 做事情尽量要主动,主动就是没人告诉你,而你在做着恰当的事情。
18. 在任何时候都要坚信:"方法会比困难多一点。"
19. 懂得感恩,感谢帮助你的每一个人。
20. 学会自我保护,尽可能地避免身体受到意外的伤害。

孩子,妈妈把这二十句话转送给你,希望你从中能真正读懂一颗母亲的心。你一个人在外闯荡,受了再大的委屈,要学会转念,学会咽下,学会排解。无论发生什么,妈妈永远和你在一起。不要放弃自己的梦想,有梦想就有力量,有梦想就有方向,有梦想就有希望。

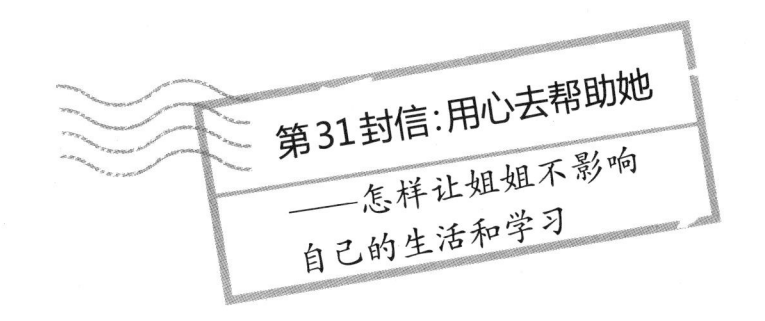

第31封信:用心去帮助她
——怎样让姐姐不影响自己的生活和学习

敬爱的杨老师:

您好!

时间过得好快,一眨眼就开学两个多月了。这期间发生了很多事情让我发愁。其中让我很郁闷的一件事就是:刚从海南回湖北的姐姐让我们每个人都有点不开心。本来她的到来是应该让我们开心的,可不知为什么我们却越来越不开心。老师,听我说完后,希望您可以帮助我。

我姐姐出生在襄阳,因为她父亲是海南人,所以她四岁时就去了海南,很少回来。偶尔回来一次,我们就在一起玩。可今年不知道为什么,姐姐和她的妈妈(我的姑姑)回到湖北来了,说是到这里上学。姐姐就上了牛首一中。

原来我们大家都欢迎她回来,可是现在不知道为什么,每个星期天,她都会和姑姑吵架,有时还打架。她每次回家都说,老师管得严,饭又不好吃,太多辣椒了(我姐姐吃辣椒会不舒服),还说作业太多了,吵着不上学了。姑姑让她回海南,她又不干,又说海口的学校不好。每次她们吵架的时候,我都写不了作业。

今天,我们家好多人说了半天让她去上学,可她不听,就到屋里玩她的手机。她玩手机从昨天下午放学玩到今天上午十点,一个字也不写。后来又吵架了。让她上家庭老师那里学习,她也不听人家的。

老师,如果您碰到这样的学生会怎么做?希望您可以为我解答,因为这样她们就不会在星期天吵至上午十一点,我写作业也就不会被吵到了。

老师,我的姐姐学习也不坏,就是对生活的要求有点高了,我们又做不到。

老师,希望您越来越开心,也希望我姐姐越来越好。

您的学生:辉辉

2015.10.31

辉辉同学：

你好！

这学期，你家里多了个姐姐，生活也平添了不少烦恼。作为亲人，大家偶尔相聚在一起往往非常开心，但是长时间在一起相处，就会出现问题。通过你的叙述，老师看得出来，你的姐姐肯定是从小被父母娇惯坏了。

小时候，你姐姐的父母一定把她照顾得很细致，吃得好，穿得好，玩得好。但是走过了无忧无虑的童年，上初中了，长大了，就要开始学会独立生活，开始学会承担责任了。如果还一直耍小孩子脾气，一直都不懂事，是会给周围人带来烦恼的。越懂事、独立的孩子，越让家长省心，越让家长喜欢。不娇不惯才能教出好孩子。

怎样让姐姐变好，不影响到你的生活和学习？这是你现在最希望解决的事情。其实，人与人的交往是一门艺术。只要掌握了普通人的心理，掌握了好的方法，你是可以影响好一个人的。如果老师碰到这样的学生，我会这样做，建议你也这样做。

第一，多表扬她。

当然，这个表扬要实事求是，她才相信。你要多找她的优点，比如她学习好，你可以经常说："姐姐，你的学习怎么这么好啊！""你能不能教教我这道题应该怎么做啊？"每个人都希望自己被周围的人尊重，被周围的人表扬。你实事求是的赞扬，一定会让她很高兴，她就喜欢与你交往，听得进去你的意见了。

一些世界名人在回忆他们成功的原因的时候都有一个共同点，就是在他们小时候，经常被家长赞扬。世界三大男高音歌唱家之一帕瓦罗蒂，在他还是个孩子时，祖母经常把他抱在膝上，对他说："你将会成为一个了不起的人物，你不久就会明白。"后来他当了小学教师，偶尔唱唱歌。他的父亲不断鼓励他，说他唱歌很有天赋。他在二十二岁那年从事保险业，争取到了比较充裕的时间发展唱歌的天赋。成名之后，他说："如果没有父亲的激励，我就永远不会站在舞台上。老师培养了我，但是祖母的那句话让我有勇气和信心走向成功。"

你看，赞扬一个人，会给他带来多么大的影响！所以，你要多找找姐姐的优点，经常表扬她，赞赏她。她会很高兴的，她也会努力去做得更好。姐姐变好了，你也就开心了。

第二,多批评她。

与一个人相处,表扬是必需的,但批评也必不可少。表扬可以给一个人带来信心,继续去做得更好;但批评可以让一个人警醒,从而改正自己的错误。金无足赤,人无完人。任何人都是有缺点的。如果你发现了她的缺点,一定要给她指出来,她才懂得改正,才会有所进步。

你的姐姐现在比较任性,你可以跟她说:"姐姐,你现在长大了,应该少让姑姑为你操心。"你还可以以自己为例子谈谈:"咱们都是初中生了,不再是以前那么小的孩子,自己要把自己的学习搞好。学校里,老师管得严,作业布置得多,都是为了咱们能学习好。你住校学习,虽然学校里的条件没有家里好,但也要学会慢慢适应。听说爸爸妈妈小时候的生活条件比咱们现在差多了,他们都能过,咱们有什么接受不了的呢?而且,想要生活过得快乐,现在就要珍惜时光,不吵不闹,好好学习。"

总之,根据她自身暴露出来的缺点,你以自己的生活经历来劝劝她。你们彼此年龄差不多,她应该听得进去你说的话。如果她的表现实在令你烦恼,你也可以大声地呵责她。有时候,委婉的批评与严厉的斥责,会让一个人懂得反省自己的行为。

第三,一起玩乐。

要与一个人和谐相处、快乐相处,必须要找到两人共同的兴趣点。人与人的情感是在不断的相处中慢慢培养起来的。在学校里,老师与同学们共同相处的时间越多,共同参加的活动越多,师生间的情感就越深厚。同样,一家人也是如此。

有时候,一家人看似天天在一起,却是各做各的事,彼此之间并不怎么交流。你姐姐迷恋玩手机,不爱学习,不就是家里没有适合她的事情可做么?你们俩如果能经常一起做做家里的事情,如做饭、洗碗、拖地等,既给家长减轻了负担,又培养了自己的动手能力,还增进了家人间的情感,多好啊!有了正当的活动,你姐姐自然就不会多玩手机了。经常做事的人都知道怎样的生活才是充实的。干家务活,益处多多;玩手机,只是在消磨时间。

你们一家人还可以利用假期,去公园玩玩,去爬爬山。走出去,可以放松一下心情,开阔一下视野,锻炼一下身体。总之,只要留心,一家人能够共同做许多事情。让共同的兴趣爱好,让有意义的事情,来充实你的生活,也充实你姐姐的生活吧。

第四，独自学习。

在姐姐还没变好之前，在她还经常吵架、总是影响你学习的时候，你应该找间安静的屋子，独自学习，一个人安安静静地写作业。这样，周围的任何事情就不会干扰到你了。

清朝著名的大臣曾国藩年轻的时候在官场沉浮，难免有心烦气躁之时。于是他就去向理学名臣唐鉴先生请教，唐鉴送了他一个字——静。心静下来，就能处理各种纷乱的军国大事。从那时起，曾国藩每天都要静坐一会儿，许多为人处世、治学从政的体会和方法，便都在此时获得。尤其是在遇到重大问题时，他更是不轻易做出决定，总要通过几番静思、反复权衡之后，才拿出一个主意来。为让气氛更宁馨些，还往往点上一支香。每见到这种情况，家人有再大的事也不打扰他。

每次写作业的时候，你就这样，给自己一个安静的学习环境。找间小屋子，把门关起来，外界的任何事情都与你无关，你只管专心写作业。经常这样，你的家人就不会在你写作业的时候去打扰你了。

总之，发挥出你的作用来，尽自己最大的努力，帮助姐姐变得好起来，也让自己拥有一个好的学习环境。你是个懂事的好孩子，相信你一定可以做得很棒的！

祝烦恼越来越少，快乐越来越多！

爱你的杨老师
2015.11.15

小贴士

关于乐于助人的名言警句

君子贵人贱己，先人而后己。

——《礼记·坊记》

病人之病，忧人之忧。

——白居易《策林》

第31封信:用心去帮助她——怎样让姐姐不影响自己的生活和学习

每有患急,先人后己。

——陈寿《三国志·蜀志》

好事须相让,恶事莫相推。

——王梵志《全唐诗补逸》

人家帮我,永志不忘;我帮人家,莫记心上。

——华罗庚

你要记住,永远要愉快地多给别人,少从别人那里拿取。

——高尔基

世界上能为别人减轻负担的都不是庸庸碌碌之徒。

——狄更斯

最好的满足就是给别人以满足。

——拉布吕耶尔

第32封信：让班级充满爱
——怎样帮助可怜的孩子

亲爱的杨老师：

  您好！

  我们班有很多同学是很可怜的，就比如说我的同桌小飞。在他很小的时候，爸爸妈妈离婚导致小飞失去了妈妈。没有了妈妈以后，他的爸爸送他去了武校。在那里，小飞学了一年，学会了许多本领。但是有一次，他做了一个后空翻，摔得右半边身体没有了知觉，所以他走路才会是那样。

  除了小飞，还有班长。班长从小是爷爷奶奶带大的。有一天我问班长："你爸爸妈妈是干什么的？"班长说："我没有妈妈。"我惊讶地问："你妈妈去哪儿了？"班长说："我妈妈生下我的时候死了，我爸爸特别恨我。"

  和他们比起来，我是幸福的。所以说，我珍惜眼前的一切，不会等到失去了才知道珍惜。

  杨老师，我请您帮个忙，我看小飞和班长很可怜，不知道怎样才能帮助他们，从哪儿开始帮。杨老师，帮我想想办法，我知道您的办法最多了。

您的学生：一一
2015.11.14

一一同学：

  你好！

  你是一个非常有爱心的孩子。的确，现在我们班上有些同学因为家庭问题，他们的生活充满了坎坷。但老师相信，坎坷的生活会磨炼他们，会让他们更加勇敢地面对生活。作为他们的老师和同学，我们应该努力帮助他们，为他们创造一个美好的环境，让我们的班级充满爱的温馨。

第32封信：让班级充满爱——怎样帮助可怜的孩子

一个人，心中有爱很重要，但是会爱更重要。唐代大诗人杜甫有句诗说得好："随风潜入夜，润物细无声。"帮助同学需要智慧。我们的爱要像这春风，悄无声息地滋润万物。爱得巧妙，才容易让同学接受；爱得刻意，或许会让同学难过。老师送你三把金钥匙，助你开启美好的友爱之门。

第一把金钥匙：尊重。

这一点老师深有体会。记得多年前，老师曾教过一个女生，她的家境很困难，班上的许多老师和同学都知道。有一次，全班都需要复印一张试卷。在外面复印一张试卷，一元钱就可以了，并不贵，班上人人都可以复印。但是为了照顾这个女生，老师又特别补充了一句，就是这个女孩可以不复印，用老师的就可以了。结果，在下课后这个女孩哭着来找我，说她不需要照顾，她复印得起，她不想让人知道她家很穷。此时，老师才发现自己错了，便赶紧给女孩道歉，并表示以后再也不会这样了。此后，老师又教过一个家境困难的男生。有一次，社区和电视台的人来他家采访，要资助他。他哭着怎么都不让采访，老师也理解他，就同意了他的要求，让他回了学校。这些孩子，虽然人穷，但志不穷。他们不希望自己因为穷困而被人同情、被人怜悯，他们希望自己和其他同学一样上学、一样玩耍。困难藏在心中，坚强留给大家。

所以，我们在帮助身边同学的时候，一定要注意尊重他们的人格。真正的尊重，会让人非常感激。有这样一个故事：马路上跪着一个乞丐打扮的年轻人，他的面前摆着地摊，卖着铅笔。来来往往的人很多，大家都是看了他一眼，扔下手中的零钱就匆匆走了。一天中午，一个商人从他身旁经过，把一枚一美元的硬币丢进放铅笔的杯子里，就匆匆离开了。但过了一会儿，商人又跑了回来，走到卖铅笔的人跟前，从杯中取走了几支铅笔，并很抱歉地说："咱们都是商人，都是做生意的。我刚才付给你钱，就应该拿走几支铅笔。"说完，他离开了。此时，年轻乞丐惊呆了，这是他第一次被别人放在同等的地位，而且还是一个"做生意的商人"。他哭了，也找到了重新振作的信心和勇气，开始认真地面对每一天。经过不懈的努力，几年后，他从一个摆小地摊的乞丐变成了一个成功的商人。在一次社交聚会上，他遇见了当初在马路上买他铅笔的那位商人。他走上前紧紧地握住对方的手，激动地说："先生，你还记得吗？你当初的一美元让我找回了失去的尊严。"

在这个世界上，每一个人都有着很大的潜能。尊重别人，也是尊重自己。

这样,你和他(她)才有可能成为真正的朋友。真正的尊重,会给对方带来前进的信心、前进的力量。

第二把金钥匙:信任。

在信任中长大的孩子,往往充满了自信。与同学相处,应该多给予信任。

有一个叫格格的小女孩,刚上一年级,十分可爱。姥姥找到老师,说她挺懂事,可就是有个坏毛病,每天早上不爱起床,得妈妈叫上好几遍。于是,老师就帮姥姥一起想办法。老师建议姥姥有空带格格去买一个她喜欢的小闹钟,让小闹钟叫她起床就行了,还要告诉她,早上迟到了她自己负责。

然后,老师又把格格叫到身边问她:"早上自己起床,能行吗?"格格说:"行。"老师又问:"你愿意每天让妈妈叫你起床,还是愿意让闹钟叫你起床?"格格说:"闹钟叫好,多有意思呀!"于是,老师就鼓励格格:"我相信格格能管理好自己。那我们从什么时候开始呢?"格格说:"有了闹钟就开始吧!"第二天,姥姥给格格买了闹钟。妈妈后来告诉老师,格格像变了一个人,不用大人管,还说自己能管好自己。

你看,这么小的孩子在大人的信任之下,都能管好自己,何况我们中学生呢?同学们在一起学习或者玩耍时,需要对方做什么,一定要充分信任对方,放手让对方去做。咱们想帮助同学,不就是希望同学能生活得快乐、成长得更好吗?比如说,小飞同学应该把学习做得更好,班长应该把班级管理得更好。我们就要相信他们,只要努力,他们一定可以做好的。信任,能使人产生强烈的责任感,充分挖掘潜力,释放能量。当受到信任时,他会觉得他的身后有许多人支撑着,他有不负众望之心,就不会轻易被困难压倒。

第三把金钥匙:赏识。

每个人都有优点,我们要善于发现,并经常给予赏识。

在学钢琴的孩子中,大多数都讨厌弹琴,只有极少数喜欢。其中有一个云南女孩却说:"我一天最快乐的时光就是弹钢琴,因为爸爸妈妈爱听我弹。"

有一天晚上,女孩正在弹琴,屋里静悄悄的。忽然,女孩一回头,发现爸爸妈妈都坐在床边静静地听她弹琴,爸爸的眼里含着泪水。女孩害怕了,还以为自己弹错了。谁知爸爸笑着说:"不,你弹得太好了!爸爸和妈妈一天中最高兴的时刻就是听女儿弹琴,你的琴声把我们一天的疲劳都赶跑了。"女孩很开心,她没想到自己的琴声有这么大的力量。

有一次家里来了客人,爸爸叫客人坐下来听女孩弹琴,并跟客人说,听女儿弹琴是一种享受!客人听了一会儿,也称赞道:"真没有想到,中国21世纪的音乐家就出在你们家!"女孩听了,感觉真是好极了,更加陶醉在音乐的世界里。

你看,本来练琴是很枯燥的,但是爸爸妈妈以及客人的赏识,却让女孩爱上了弹琴,把每天的弹琴当作享受了。同学之间,也可以这样的。小飞学习不太好,你就多鼓励他:"我最喜欢听到你回答问题了。""我最喜欢看你写得好的作业了。"相信他一定会越做越好。班长烦恼于班级管理时,你可以鼓励她:"我最喜欢看你在讲台上指挥我们学习了。""你一定会把我们管好的。"班长会在你的欣赏中获得力量,获得信心。

每个人在情感上都是需要欣赏和鼓励的,特别是来自同学的欣赏和鼓励,这会让人勇气大增,心情愉快。

与人相处是一门艺术,帮助同学更需要爱与智慧。今天老师送你这三把金钥匙——尊重、信任、赏识,可以助你更好地关爱同学。爱,体现在生活的点点滴滴里。我们的一言一行、一举一动,都可以表达爱意。一个团结友爱的班级,需要我们共同努力创造。你和同学们一定可以做得更好!

祝你和同学们每天都开心快乐!

爱你的杨老师
2015.11.30

小贴士

关于爱的名言

赠人玫瑰,手有余香。

——印度古谚语

爱之花开放的地方,生命便能欣欣向荣。

——凡·高

我们能尽情享受的,只是施与的快乐。

——穆克

爱别人，也被别人爱，这就是一切，这就是宇宙的法则。为了爱，我们才存在。有爱慰藉的人，无惧于任何事物、任何人。

——彭沙尔

爱人者，人恒爱之；敬人者，人恒敬之。

——孟子

人是要有帮助的。荷花虽好，也要绿叶扶持。一个篱笆打三个桩，一个好汉要有三个帮。

——毛泽东

第33封信:做一个善良的人
——怎样面对自己的错误

敬爱的杨老师:

您好!

这是一个真实的故事,既没有过分打动人心的情节,也没有戏剧性的冲突。然而,你也许会深深地感到,这老汉是多么的可敬,多么的可爱……

这老汉大约六十岁,花白的头发,络腮胡子,饱经风霜的脸上布满了皱纹,刀刻一般,微驼着点儿背。总之,他太平常了,他的身上没有一点儿引人注目的地方。因为他经常在那儿卖饼,所以我们都亲切地称他为"卖饼老汉"。

那天,北风刮得正紧。不知为什么,买饼的人特别多,"卖饼老汉"更是忙得不可开交,我也焦急地排在队伍里。

"老爷爷,我买饼。"终于轮到我了。

"要几个?"老汉笑了,眯着眼睛问。

"一块钱。"我答非所问。

一个,两个……老汉数了六个递给我。

"哎,老爷爷,你多给了两个!"我刚想说,可话到嘴边又咽了下去。又一阵挤动,我不安地离开了人群。

好冷啊!我拉紧了衣服,把手插进口袋。顿时,心猛地一沉。糟糕!我的钱包不见了,那里可装着我买学习用具的钱啊!我急得泪水在眼里打着转转,想到接饼的那一刹那,又想到钱包里的钱,这钱凝结着爸爸妈妈的多少血汗啊!可是我……

"小同学!小同学!"是老汉!他来干什么?莫不是刚才……我不敢再往下想。

唉,真是祸不单行!我低下头玩弄着衣角,想着如何应付这尴尬的场面。

"小同学,你掉了什么没有?"老汉放下担子,气喘吁吁地问。

"我的钱包……"我小声地回答。

"是这个吗?"我抬起头,只见那老汉满是油污的手上,正拿着我的钱包。

"以后可得小心喽!"老汉笑着,把钱包放到我手上,又挑起担子向前走去。

望着老汉渐渐远去的背影,我恍如从梦中惊醒,热泪颗颗滴在钱包上。

老汉啊,此刻我才知道你平凡中的伟大。我不该欺骗你!

老师,我是不是做得很不应该?这位善良、伟大的老汉,拾到我的钱包并还给了我,我却欺骗了他!

您的学生:格格

2015.10.17

格格同学:

看了你的故事,我不禁想到一个词:善良。与人相处,心底坦荡、光明磊落最为重要。虽然说"金无足赤,人无完人",谁都难免会犯点小错误,但最终我们还是应该做一个善良的人。做一个善良的人,且不说是对得起别人,最关键的是对得起自己。若为了一点小便宜,常常惴惴不安,实在不值得。

我想起了曾经看到的一个故事。

有一个女子,是在企业工作的。她的工作能力蛮强,收入也比较高。后来,她去了国外工作与生活,并买了一栋大别墅。由于自己是独自一人在国外生活,她过得很自由,也很奢侈。她结交了一些不该交的朋友,只顾自己享乐。她很少在家里游泳,甚至几个月都难得在别墅的游泳池里玩一回,但是游泳池里的水却每天都要换,每天都在哗哗地流着,极为浪费。不过,她当时却觉得这一切都没什么,都是自己应该享受的。

后来她想家了,回国了,迎接她的却是家庭的分裂与疾病的缠身。由于长期分离,她的另一半又有了新的感情,跟她分手了。之后,当她感到身体不适,去医院检查时,才发现自己竟然得了癌症。没想到她的生活就这样变得一塌糊涂。

她开始反省。她想,在国外的那段日子,虽然在国内的家人都不知道她做了什么事,但是她自己却最清楚。她只顾自己在外乱交朋友享乐,却忽视了家人。她一个人住着那么大的别墅,用着那么大的游泳池,极大地浪费了资源。无论是对人还是对物,这一切都导致她良心不安。后来,她拖着病体,不断巡回演讲着自己的故事,以警示世人。她说,不要以为自己做的事情其他人都不知道你就可以任意妄为。做人还是要踏踏实实,光明磊落。

这个故事给人最大的感受就是：一个人做了不该做的事情，尽管没人知道，但因自己良心不安，竟会导致身体生病，最终还是受到了惩罚。其实，想想的确如此。在人与人的交往中，若是自己做了错事，心里便会难受、内疚、自责；而做了好事，心里就会舒坦、踏实、高兴。

当我们做好事时，会感觉生活都是积极的、上进的、乐观的，未来也是充满希望和美好的。如此良好的心态是健康的，必将促进身体的健康。相反，那些做错事的人，心里常常会惴惴不安，总觉得好像有一块大石头压在心上，时间久了，身体自然就生病了。

《论语》中有这样一句话："君子坦荡荡，小人长戚戚。"这是孔子关于君子形象的一个著名的描述。这句话的意思是说：君子胸怀坦荡、心底宽广，而小人却经常忧心忡忡。当然，这里说的"小人"并不是指坏人，而是指某些有缺陷的普通人。

有一次，孔子的弟子司马牛请教如何做一个君子，孔子回答说："君子不忧愁，不恐惧。"司马牛不大明白，接着又问："不忧愁，不恐惧，这样就可以称作君子了吗？"孔子的回答是："内省不疚，夫何忧何惧？"也就是说，如果自己问心无愧，那有什么可以忧愁和恐惧的呢？

古人告诉我们要做一个心底坦荡、问心无愧的人才会快乐，而今人的一项试验再次表明，心存杂念、私心较重的人心理压力更大。

澳大利亚昆士兰科技大学的研究者发现，在生活中会占便宜的人压力更大。为了测量人们在面临金钱和制订决策时的心理应激反应，研究人员通过试验检测了参与者在游戏时的心率等生理指标。参与者被分成两人一组，每组给予等额的金钱。要求其中一名玩家按照个人所喜欢的方式将钱分为两部分，另一名玩家可以选择接受或是拒绝这笔钱。研究结果显示：在交易过程中，给别人钱较少(占金额总数的百分之四十以下)的玩家以及接受了较少金钱的玩家心率都会上升。

这项发表在《公共科学图书馆期刊》上的研究成果表明，相对于慷慨的玩家来说，吝啬的玩家承受了更大的压力。当采用不公平的方式对待其他人时，自己也会存在负面情绪，这种情绪和生理代价会让人感觉不舒服。

所以，我们应该做一个心底坦荡的人，不该做的事不要做，不该占的便宜不要占。这样的好处是明显的，一则自己心里轻松，没有压力；二则自己身体健康，充满活力。

"人非圣贤，孰能无过。"作为孩子，你正在成长的过程中，路走得不对时，赶紧再回到正路上来。为了这件小事，你也付出了代价。虽占了五角钱的便宜，却承受了心理的压力。想想看,是不是不值得啊?五角钱你又不缺,却让自己一直挂在心里。就算自己少五角钱,其实也没什么的,心里反而踏实轻松。

事实上,由于我们天生所具有的人性弱点,有时候想占点便宜也在所难免,但只要我们认识到自己的错误,及时修正,今后仍然可以让自己过得轻松、踏实、快乐。生活中,大便宜不能占,否则会触犯法律;小便宜不必占,否则会良心不安。既然占便宜不好,那就做一个坦坦荡荡的人吧!

学习着,进步着,在以后的生活里,你一定可以成长为一个自己都喜欢自己的人。人性本善,那就从现在起,做一个善良的人吧!

祝天天顺心!

爱你的杨老师
2015.10.31

小贴士

关于善良的名人名言

一颗好心抵得过黄金。

——莎士比亚

勿以恶小而为之,勿以善小而不为!

——刘备

人而好善,福虽未至,祸其远矣。

——曾子

慈善的行为比金钱更能解除别人的痛苦。

——卢梭

没有单纯、善良和真实,就没有伟大。

——列夫·托尔斯泰

与其说是为了爱别人而行善,不如说是为了尊敬自己。

——福楼拜

在一切道德品质之中,善良的本性在世界上是最需要的。

——罗素

第34封信：做自己生活的主人
——怎样戒掉游戏网瘾

敬爱的杨老师：

您好！

我每一次在把作业写完的时候都控制不住自己，都想打电脑游戏。这是为什么呢？而我每一次打电脑游戏时，又会情不自禁地打几个小时或一天。这个问题，您可以帮助我想一个好的办法解决吗？

老师，我每一次上网都想玩枪战、杀人之类的游戏。这又是为什么呢？您可以跟我说一下吗？我不知道怎样才能把自己打电脑游戏的欲望给控制一下。您可以帮我想一个十全十美的办法吗？我每一次打完电脑游戏后，都还想打，我不知道怎么办才好。老师，您可以帮助我吗？

祝您身体健康！

您的学生：小思

2015.10.24

小思同学：

你好！

从信中可以看出，你对自己迷恋网络游戏充满了忧虑，特别想找到解决的办法。只要有这种愿意走出迷路的想法，相信你一定可以克服网瘾，做自己生活的主人！

当今社会，人们使用网络已经成了普遍现象。网络是人类科学技术的产物。网络的诞生，为人类开启了沟通世界、创造文明的崭新窗口。网络给现代人的生活、学习、工作和娱乐带来了方便和快捷，极大地提高了人们的生活节奏和生活质量。

与成长对话
——给青少年的40封信

未成年人作为国家的新生力量,对网络这种高科技信息手段的接受和使用更超过成人。据统计,目前我国未成年人是网络使用者中最庞大的群体,占上网总人数的百分之六十以上。大部分的未成年人能够适度、合理地使用网络,通过网络获取知识、技能,进行娱乐、休闲等。但是少数未成年人因无节制地使用网络,影响了正常学习、生活和人际交往,导致出现身体健康受损、不能与外界正常交往等问题。我国公众对未成年人网络成瘾问题给予了高度关注。

老师曾经在电视、网络上看到过个别极为严重的网瘾受害者。有一个二十岁左右的年轻人因成年累月地不间歇地打电脑游戏而导致全身瘫痪,生活不能自理,非常可怜。咱们可要引以为戒。还有的孩子因为迷恋网络游戏,总与父母发生冲突,经常吵架,家庭充满了矛盾与痛苦,很不幸福。

跟这些案例相比,你的问题要小多了。你上课总是能积极回答问题,回到家里也能先做完作业,再去打游戏。只不过一打起网游,你就控制不住自己,玩的时间太长。再者,你也有比较清醒的自我认识,知道自己这样做不对,希望自己能够改正错误。所以,你想要戒掉网瘾,是完全可以做到的!

既然网瘾是人为造成的,那么只要我们加强自我认识、自我约束,便可以顺利戒掉,从而正确使用网络,快乐生活。下面,老师就为你支几招,希望能帮助你戒掉网瘾。

第一,控制上网时间。

戒掉网瘾肯定是一个循序渐进的过程,不可能一下子完全根除。作为学生,你们的生活还是很充实的,至少白天的大部分时间都在学校里度过,都在学习中度过,只有双休日、放假时间可以自由支配。

你要给自己一个明确的要求。例如,从现在开始,每周只玩三次网游,每次上网时间不超过两小时,不熬夜。过一段时间后,每周只允许自己在双休日玩一次网游,而且每次上网时间要越来越少。再到后来,玩不玩网游都无所谓了,你就成功了。就这样,慢慢减少自己在闲暇时间对网游的依赖和迷恋。

戒网瘾主要靠的就是自己的意志力。指挥不动自己的身体,控制不住自己的欲望,那你的希望又在哪里呢?你必须要有强烈地改变自己的意志,这样才能取得你想要的成功。

第二,丰富业余生活。

多参加体育锻炼,多做做家务活,多和朋友玩耍,让健康积极的活动主导自己的闲暇时间,你的生活会更加丰富多彩。冰冷的电脑游戏玩罢之后,还是会让人觉得生活乏味。你平时要多做有意义的事情,用新的行为习惯来代替上网的习惯。

参加体育锻炼,可以强身健体。学校里开展的课间活动有跑步、跳绳等,你可以在家里也常常做些自己喜欢的合适的体育运动。上学期间,可以利用每天从家里到学校,再从学校回到家里的路上,多走路、跑步或者骑车,其实这些都是很好的运动。放假了,可以早点起来去晨跑,还可以找朋友打打球,都是很不错的。

大脑最好的休息,就是进行体育锻炼,或做家务活。平时也可以利用闲暇时间,多帮助父母做做家务活。一个孩子,你的网游就算是打到了最高级别,也没人说你有本事,反而会说这个孩子不成器。但是,如果一个孩子经常做做家务活,如做饭、洗碗、拖地等,周围的熟人都会说这个孩子很懂事、很棒。做家务活,既能锻炼身体,又可以增强自己的做事能力,还能获得大家的好评,多好!

还有,你平时应该多交几个好朋友,学习之余可以常常在一起玩耍。放假时,约一两个好友一块儿逛逛书店、爬爬山,也是非常有趣的。人,既喜欢独居,也喜欢热闹。平时,除了做做自己喜欢的事情外,还应该多约几个好友做做有益的活动,你的心情会更加快乐。有了丰富的业余活动,你自然就会远离网络游戏了。

第三,提高学习兴趣。

青少年时期,是一个人学习的最佳时期。据调查,在网瘾深的学生中,有相当一部分对学习感到吃力,缺乏学习的兴趣和激情。学习兴趣较浓厚的学生,则少有迷恋网络的。因此,你要转移对网游的注意力,提高自己对学习的兴趣。"少壮不努力,老大徒伤悲。"古人告诫我们一定要珍惜年少的大好时光,好好学习,千万不要给将来留下遗憾。

你应该给自己树立明确的学习目标,包括初中三年的大目标和每学期的小目标。初中三年,你想考取一所什么样的学校,现在就要想好,并慢慢去实现。每学期,你想让自己的学业达到什么水平,也应该心中有数。大目标是靠一个个小目标来实现的。每学期,你有了一个个具体的小目标,并一步步去实现,将来你才有希望实现自己的大目标。你看,如果有了明确的学习目标,你就懂得自己的生活重点是什么了,就不会用无聊的事情去打发时间了。

当你用心学习的时候，网络反而会为你所用。因为上网可以及时了解时事新闻，获取各种最新知识和信息，你可以轻松地查到自己需要的学习资料，有助于自己学习的进步。除了搜集资料，查阅信息，你还可以学着用电子邮件发发自己的作文给各个报纸杂志的编辑们。老师就经常这样做。如果哪天你的作文发表了，你一定会欢呼雀跃，非常开心。能够正确利用网络，生活才更有趣。这个时候，电脑就不再是你的玩具，而变成了你的工具。聪明的人，是让网络为自己服务，而不是被网络牵着走。希望你做网络的主人，做好自己应该做的事情。

总而言之，网络已经成为我们生活的一部分。网络是一把双刃剑，有利也有弊。鼠标一点，大千世界尽收眼底，可以学习，也可以娱乐。如果沉迷网络游戏，则会伤害视力，浪费时间，花费金钱，荒废学业，虚度光阴……不过令人欣慰的是，大部分同学都把时间掌握得很好，都知道自己上网该干些什么，玩多长时间。其实，你也很清楚自己在网上应该干些什么，不该干些什么。希望本次交流能够助你改掉对网游的迷恋，从而学会控制自己，懂得正确地使用网络。

要正确、科学地上网，改掉那些不良的习惯。只有这样，网络才会成为你的好帮手！

祝你每一天都能过得充实而有意义！

爱你的杨老师
2015.11.3

小贴士

全国青少年网络文明公约

要善于网上学习，不浏览不良信息。
要诚实友好交流，不辱骂欺诈他人。
要增强自护意识，不随意约会网友。
要维护网络安全，不破坏网络秩序。
要有益身心健康，不沉溺虚拟时空。
要树立良好榜样，不违反行为准则。

第35封信：做手机的主人
——怎样才能让自己不再做"低头族"

亲爱的杨老师：

这次期中考试成绩出来了，真是如我所愿，班级第五，年级第十。经过自己的努力，终于取得了理想的成绩。

但这个星期我并不高兴，因为我的手机坏了，玩不了了。以前我每天都要摸两下手机才安心，可现在手机坏了，玩爸妈的又不方便。我成天想着手机，特别想玩一会儿。

爸妈担心我的学习，不让我玩，可是我每天都会背着他们玩。我现在就是所谓的"低头族"，玩起手机来，好像所有的事都与我无关一样，完全沉浸在手机里。我的手机就是因为我每天玩得太久才会坏掉的。我现在真的中了"电子海洛因"，所以我每天特别烦恼。

杨老师，您有什么办法让我不再做"低头族"吗？请您给我一些帮助吧！

祝感恩节快乐！

您的学生：小朵
2015.11.27

小朵同学：

你好！

期中考试取得了自己满意的成绩，老师也很为你高兴。但同时你又发现了自己的问题，就是对手机有很强的依赖。你希望自己能够摆脱对手机的依赖，不再做"低头族"。下面，老师就和你一起来想想办法，认识并克服这个问题。

什么是"低头族"？"低头族"是指不论在何时何地，手上都捧着电子产品上网、玩游戏、看视频等，想通过盯住屏幕的方式把零碎时间填满的人。

与成长对话
——给青少年的40封信

从1973年第一部手机问世到如今，智能手机在全球主要国家的普及率超过百分之五十。四十年间，手机给我们的生活带来了很大的改变。过去只是用来通信的工具，现在已经覆盖了我们所有的碎片时间，甚至加重了我们生活的碎片化。随着移动设备的智能化，手机早已不再是单纯的通信工具。游戏、阅读、社交等强大的功能，让许多人感觉似乎只要一机在手，就能在这个信息时代活得很精彩。现在不论你走到哪里，大街上、公交车上、聚会上、餐桌上……几乎随处可见低着头的人。他们在上网、游戏或者刷微博，仿佛这个世界上就只有那么一块小小的屏幕能吸引他们。美国调查机构发布数据称，智能手机用户平均每天查看手机约三十四次——地铁里、排队时、睡觉前、起床后、上厕所时，智能手机都是人们打发时间的首选。

不过，手机带来的危害也日益引起人们的重视。

一是危害健康。据报道，一台湾女子连看七十二小时《甄嬛传》，最后被查出眼疾；而另一男子疯狂"找你妹"，左眼暂时性失明。其实，长期低头看手机除了危害眼睛之外，还会导致颈椎病、手指病等其他病症。苏州一个高二的女生，突然出现胸闷、心慌，甚至左半边身体麻木等症状。送到医院一查，发现患上的是严重的颈椎病。而罪魁祸首，竟然就是智能手机。

二是危害记忆。经常玩手机的人，记忆力也会有所下降。这种现象，网友称之为"数码痴呆"。年轻的"数码痴呆"患者很有可能连自己或者最亲近的人的手机号码都记不住，往往电话里讲的内容，挂完电话就会忘得一干二净。因为人们如果过度依赖数码产品，大量的无效信息会进入大脑，从而削弱大脑对有用信息的处理能力。东南大学附属中大医院心理精神科主任袁勇贵表示，长期使用数码产品的确会对记忆力造成影响。

三是影响社交。人们在交往中经常可以看到这样的场景：大家见面寒暄几句后，便各自拿出手机开始刷微博或者打游戏。手机淡化了人与人之间的正常交往，甚至隔绝了人与人之间的沟通交流。美国一名大学生在旧金山的地铁上被射杀。监控录像显示，射杀前凶手数次掏出手枪，甚至用它擦了擦鼻子。而近在咫尺的十几位乘客都在低头看手机，没人注意到凶手。否则，这一悲剧就有可能避免。

那么，作为中学生，怎样才能让自己不再做"低头族"呢？

第一，正确使用手机。最初，手机主要就是方便人们交流的工具。能够通话、发短信,是人们对手机的基本要求。现在,手机有了更加广泛的功能。人们能够在上面读书、看电影、购物、打游戏等,但这些功能基本都以娱乐为主。既然是娱乐,那我们就应尽量减少使用手机的时间。我们应该做手机的主人,而不是手机的奴隶。手机应当真正成为方便我们生活的工具。

第二,热爱读书。我们十分熟悉高尔基的名言:"书籍是人类进步的阶梯。"的确,要想进步,必须读书。当代社会,资源非常丰富。只要爱学习,不论我们想要获得哪方面的知识,都可以找到合适的书籍来阅读。也许有人会说我们可以在手机上看电子书,但看电子书与纸质书的差别是很大的。有调查显示,花同样时间在手机上阅读的人,没有阅读纸质书的人幸福。手机容易让人焦躁,丰富的界面容易转移注意力,因此,还是看纸质书更能让人的心灵感到宁静美好与轻松惬意。

第三,加强与人交流。这是一个"自恋"的时代,智能手机的诞生常让人沉迷在虚拟的网络世界里,不能自拔。一部手机在手,看似能与许多人互动,实际上却减少了自己与周围人交往的机会。要知道,远处的是风景,近处的才是人生。与其沉迷在虚拟的世界里,不如回到现实的生活中来。在家里,可以多与父母或兄弟姐妹交流谈心;在外面,可以多与同学一起聊天玩耍。多加强与周围人的交往,这才是在感受真实的生活。

其实,只要你有丰富的课余生活,自然会摆脱对手机的依赖。闲暇的时间里,你可以做许多事情。中学生的生活本来就应该是有学习有玩耍的。你热爱学习,可以看看书、做做题,在书海里尽情遨游一番;你热爱锻炼,可以跑跑步、爬爬山,在户外舒展舒展筋骨;你热爱劳动,可以帮父母做做力所能及的事情,减轻父母的负担。总之,充实而有意义的生活一定会让人减少对手机的依赖。只有空虚的人,才会被手机奴役。

所以,亲爱的同学,从现在起,珍爱生命,勿做"低头族"!热爱生活,积极进取,这才是我们应该做的。

祝每一天都过得充实而有意义!

爱你的杨老师

2015.12.05

盘点"低头族"易患的疾病

挤地铁时刷微博,等公交时看微信,回到家盯着 iPad 看电视剧,无节制地玩"飞机大战"……这些"低头族"的症状你有几条?不知什么时候,"低头族"已经取代曾经的"视频终端综合征",成为最新的"流行病"。在此盘点"低头族"易患的病种,提醒"低头族"们引以为戒。

一是眼病:视疲劳、干眼症。

如果长时间低头玩手机,最受伤害的就是眼睛。长时间一直盯着屏幕,会造成眼疲劳,慢慢会演变成眼干、眼涩等。如果再不注意个人卫生,用手揉搓眼睛,细菌进入眼睛,后果是很严重的。一般情况下,玩半个小时,就应该让眼睛得到休息。最好的方法是:眺望远方;双手互相搓热后捂住眼睛;自己轻轻按摩眼眶;如果有条件,坚持每天热敷眼睛。切记不要长期用滴眼液。

二是颈椎病:头晕、眼花、颈椎突出等。

长时间压迫颈椎,会压迫神经,阻碍血液循环,后果可想而知。最常见的症状有:头晕、眼花、颈椎突出等。切记不要通过使劲摇晃头来缓解颈椎疲劳,更不要使劲捶打颈椎,这些不良的动作会直接伤害到颈椎,而不是缓解。活动颈椎的正确方法是:双手轻轻按摩脖子后方,捏就可以;头部先缓慢地朝左歪,随后向反方向歪;双手按住头部,轻且缓慢地向下按,按到适宜位置,多次重复;同样用热敷的方法,在有条件的情况下,热敷一下颈椎,也会缓解颈椎不适症状。

三是手指病:腱鞘炎。

东南大学附属中大医院骨科的孔翔飞副主任医师表示,腱鞘炎一般是中老年人好发,但玩游戏引起的腱鞘炎,相对来说年轻人占大多数。一旦患上腱鞘炎,最重要的是改变生活习惯,不管是发微博、发短信还是打游戏,最好十分钟左右就休息一下,改变姿势。当刺痛开始时,可以旋转手腕以缓解疼痛。刺痛的部位也可以热敷理疗。患了腱鞘炎,一般需要治疗两周以上。如果物理疗法不奏效,那么可以用些消炎止痛药。

第36封信：选择健康的生活方式
——怎样抵制不良诱惑

亲爱的杨老师：

　　您好！

　　今天，我在整理书包时，看到《思想品德》书，就拿起来看了一下。一下子就看到有关青少年抵制外界不良诱惑的一章，主要谈了吸毒、抽烟。

　　因为现在我们还小，没有强大的意志力去抵制外界的不良诱惑。我看到一则故事，讲的是一个叫李小聪的人因为受表哥的引诱，吃了一种叫摇头丸的毒品，最后以十六岁的年龄离开人世。许多吸毒的人说的最后一句话都是："我真后悔啊！"然而世上是没有后悔药的，所以一定要学会控制自己。但我们终归还是太小，意志力较弱。我在书上看到许多抵制诱惑的好方法，如转移注意力，或请人帮助自己，或控制自己，或不去接触它，等等。

　　除了毒品还有一种东西也会危害我们，那就是抽烟。烟，现在很常见，也有一些人因为抽烟得了肺癌，最后离开人世的。据我所知，我们学校高年级好像有人抽烟，一次我在商店买东西看见一个女孩和几个男孩在抽烟；还有一次我看见那个女孩犯烟瘾，非常痛苦地蹲在地上。我看见以后想到，这个女孩的父母该多么伤心啊！

　　我希望每个中小学生都能抵制诱惑，幸福生活。老师，您认为呢？

　　此致

敬礼！

您的学生：小晶
2015.11.14

小晶同学：

你好！

老师非常赞同你的观点。中小学生很有必要提高自己抵制外界诱惑的能力，这样才能在成长的路上走得更好更稳。我们生活的社会五光十色，无奇不有。中学生正处在人生的花季，对周围的事物充满了好奇。如果一个中学生缺乏足够的自制力，稍不注意，就会被现实中的种种不良诱惑所左右，偏离正常的人生轨道，造成遗憾。而在现实生活中，中学生会面临很多诱惑。

享受方面：社会上的流行时尚、美酒、美食、名牌服装等，都是一种诱惑，一味追求这些需求的满足，我们就会丧失进取的动力，不能安心学习。有些同学总想吃得更好一些，穿得更好一些，住得更好一些，行得更好一些，用得更好一些，这是很正常的。但是，如果我们对吃的、穿的、住的、行的、用的过分追求，甚至是贪得无厌，这必然会使我们把自己的大量时间和精力用于对钱财的追求上，甚至为了钱财而不择手段，走向违法犯罪的深渊，偏离正常的人生轨道。有的人不顾一切地去玩儿，从不想玩过之后如何面对老师和家长；还有的人玩过之后总后悔，但每次都经不住诱惑。

学习方面：中学生可能面临着贪图玩耍的诱惑，如做作业时想看电视或想玩游戏，身边的同学赌博时要拉自己入伙，想从事其他自己比较感兴趣的活动……因为学习本身是一种比较辛苦的劳动，再加上很多同学都对学习的重要性和意义认识不够，学习的动力不足，总觉得这是一件又苦又累的事情。这些同学常常一提到学习就感到头痛，不愿好好学习，课堂上不专心听讲，课后不认真完成作业，不好好复习功课，结果自己的学习成绩也很不理想。

交往方面：当温饱等生理需求解决之后，人类最难以忍受的大概就是孤独了。尤其是青少年，在心理上特别渴望被人接纳，渴望有归属感，渴望有朋友。因此，在与他人交往的过程中，强烈的渴望与盲目的从众心理，常常会促使我们跟着"群体"参加毫无意义甚至对身心健康有害的各种活动，如吸烟、赌博、浏览不健康的书刊或网页、玩电子游戏等。还有早恋对青春期的男孩女孩产生的诱惑，也常常会妨碍学习。

那么，抵制不良诱惑有哪些好的做法呢？

第一，转移视线法。把能产生诱惑的事物隐藏起来，眼不见心不动，或者参加积极健康的班集体活动，或者多与同学交流谈心，避开诱因，转移视线。这种方法适用于接触诱因的起始阶段。例如,现在很多中学生都有手机,都喜欢在手机上玩游戏或聊天,非常浪费时间,很耽误自己的学习。此时就可以把手机藏起来,不看不用,时间久了,就对它没有依赖了,自己的学习也可以正常开展了。

第二,联想抵制法。为了坚定自己拒绝和抵制不良诱惑的决心,我们可以联想自己能够拒绝不良诱惑的美好前景和未来,还可以联想不能拒绝不良诱惑的不良后果。例如,联想自己能够拒绝电子游戏机、黄色书刊、暴力影视作品、诡异小说等不良诱惑,通过自己的努力,毕业后一定能够从事自己感兴趣的工作,幸福、愉快地生活;还可以联想如果自己不能拒绝电子游戏机、黄色书刊等不良诱惑,辜负了老师和家长的期望,那一定会使得自己的人格发展变得扭曲,面对现实生活更加没有意志力,最终断送了自己美好的前途。

第三,请求帮助法。有时候,单靠自己的力量很难战胜对自己具有强烈吸引力的诱惑。在这种情况下,我们可以请求别人(如父母、老师、同学和朋友)帮助和监督自己,从而坚定自己拒绝和抵制不良诱惑的决心,增强自己拒绝和抵制不良诱惑的毅力。例如,管不住自己不看电视时,可以让妈妈把电视锁起来。

第四,婉言谢绝法。当不良诱惑来自朋友方面,如身边的同学赌博要拉自己入伙,可以说自己还有作业没写完,要抓紧时间完成。这样,可以依靠自己的自制力、智慧和一定的技巧,来委婉地回绝朋友的邀请,避免他们的不理解和嘲弄。

第五,专时专用法。为了防止做某种自己着迷的事情而超时,严格分配自己的时间,以不同的方式提醒自己,这个时间点该做什么事情。例如,这是学习时间,应该认真学习;这是锻炼时间,应该进行体育锻炼;这是娱乐时间,可以适当开展一些自己感兴趣的活动,调节自己的身心;这是休息时间,应该好好休息。是什么时间,就做什么事情,改掉因为对某件事情着迷而误时的坏习惯。

有这样一个故事:传说古希腊有一个海峡女巫,她用自己的歌声诱惑所有经过那里的船只,使它们触礁沉没。智勇双全的奥德赛船长勇敢地接受了横渡海峡的任务。奥德赛船长知道自己的意志力难以抵御女巫的歌声,于是想出一个两全其美的办法。他把船员的耳朵堵上,然后让船员把自己绑在桅杆上。这样,船员就听不到女巫的歌声,而自己能听到声音却无法指挥水手。后来,船只安全地渡过了海峡,船长也成为唯一一个听过女巫歌声而幸免于难的人。

这个故事说明了什么道理？生活中许多不良诱惑都是可以战胜的,只要我们有勇气和智慧。奥德赛船长就依靠自己的勇气和智慧战胜了女巫,顺利地渡过了海峡。勇敢的人敢于战胜不良诱惑,聪明的人总能想出各种办法拒绝不良诱惑。诱惑,从生命降临的那刻起就无时不在、无处不存。学会抗拒诱惑,提高抵抗诱惑的能力,才能在社会的大染缸中如出水芙蓉,不沾一丝污泥浊水。

每天合理饮食,按时作息,好好学习,坚持锻炼,积极参加集体活动,这才是中学生的健康生活方式。选择健康的生活方式,要从我做起,从现在做起。以此,让我们的生活更充实祥和,精神更富足高雅,心境更宽阔致远,生命更精彩绚烂!

祝每一天都过得充实而有意义!

爱你的杨老师
2015.11.21

小贴士

拒绝诱惑

赵元波

公仪休是春秋时期鲁国的宰相,非常喜欢吃鱼,所以经常有人争先恐后地给他送鱼,可是每次都被挡在门外。他的学生问他:"先生,你这么喜欢吃鱼,别人把鱼送上门来,为何又不要呢?"

公仪休回答说:"正因为我喜欢吃鱼,所以才不能随便收下别人送的鱼。如果我经常收别人送的鱼,就会背上徇私受贿之罪,说不定哪一天会被免去相国的职务,到那时,我这个喜欢吃鱼的人就不能常常有鱼吃了。现在我廉洁奉公,不接受别人的贿赂,鲁君就不会随随便便地免掉我的相国职务,只要不免掉我的职务,我就能常常有鱼吃了。"

"壁立千仞,无欲则刚。"科学家认为,从理论上讲,树的极限高度为一百二十二米至一百三十米。超过了这个高度,就有可能轰然倒塌,不光是营养输送不上去,它自身的根部也支撑不起那么宠大的身躯。人就像树一样,承载能力是有限度的,不可能无限"长高",如果任由欲望无限膨胀,那沉重的"负担",就会"折断"一个人,压垮一个人,摧毁一个人。敢于拒绝的勇气来源于清醒的自我认识和自我约束。公仪休的拒绝让他失去,也让他得到,他明白要想经常吃到鱼,就要有拒绝别人送来的鱼的勇气。

与成长对话
——给青少年的40封信

第37封信：认真对待每一件事
——怎样才能改掉做事马虎的毛病

敬爱的杨老师：

您好！

杨老师，您知道吗？我一直有个毛病——马虎。平时，爸爸妈妈都说我做事太马虎，我也管自己叫"小马虎"。

有一天，上课铃响了，同学们都拿出数学书，做好了上课的准备。可是我翻遍了整个书包，也没有找到数学书。我急得直冒冷汗。这时，老师进来了，发现我没带书。我看了老师一眼，一碰到老师的目光，我就躲开了。老师让我去找别的老师借书。

放学回家的路上，我对来接我的爸爸说了忘记带书的事。爸爸生气地说："你这个孩子，什么时候才能改掉马马虎虎的毛病呢？"我低下了头，心里可真难过呀！

杨老师，您说我什么时候才能改掉马虎的毛病呢？

祝您周末快乐，事事顺心！

您的学生：慧慧

2015.10.30

慧慧同学：

马虎，这个毛病是很多人都会有的。每当人们因马虎而没把事情做好的时候，都会非常懊悔。因为马虎造成的错误，都很简单，都是可以避免的。

这里，老师先给你讲一个有关马虎的故事吧。故事可以给我们许多启示。

传说在宋朝，京城开封有一个画家，此人画画很不认真，粗心得很。

有一天，他画老虎，刚画完一个虎头，就听见一个人走过来说："请给我画一匹马。"

于是他就在虎头下面画了个马身子。那人说:"你画的到底是马还是虎?"

这位画家说:"管他呢,马马虎虎吧。"

于是,"马虎"这个词就这么出现了。

看着这幅不伦不类的画,那位请他画马的人生气地说:"这么凑合哪行,我不要了。"说完转身就走了。

可是画家却不在意,还把这张画挂在自己家的墙壁上了。

他的大儿子问:"您画的是什么?"

他漫不经心地回答:"是老虎。"

二儿子问他:"您画的是什么?"

他却随口说:"是马。"

儿子们没见过真老虎、真马,于是信以为真,并牢牢地记在脑子里。

有一天,大儿子到城外打猎,遇到一匹好马,误以为是老虎,上去一箭就把它射死了,画家只好赔偿马主人的损失。

他的二儿子在野外遇到了老虎,却以为是马,迎过去要骑它,结果被老虎咬死了。

画家痛心极了,痛恨自己办事不认真、太马虎,生气地把那幅虎头马身子的画给烧了。

为了让后人吸取教训,他沉痛地写了一首打油诗:"马虎图,马虎图,似马又似虎。大儿仿图射死了马,二儿仿图喂了虎。草堂焚毁马虎图,奉劝诸君莫学吾。"

这个故事虽是传说,却有一定的教育意义。它告诉我们,做任何事情都不要马虎,否则会带来严重的后果。

那么,怎样才能培养自己做事谨慎、不马虎的好品质呢? 在这里,老师给你提几点建议。

第一,做事要有责任心。

责任心是做好一件事情的前提,可以说,如果没有责任心,对什么都敷衍了事,草草出兵,草草收兵,那么必然什么都做不好。有了责任心以后,才会谨慎从事,细致认真,不敢有半点儿马虎。要培养自己的责任心,光靠说教不行,要靠平日里的习惯培养。比如,在家里多帮助父母做做家务活,经常扫地或洗碗,这就是在培养自己的责任意识。当你做完事情,欣赏自己的劳动成果时,你一定会有满满的幸福感和成就感! 这样,时间长了,你就会逐渐地培养起自己的责任心,在遇事时不至于敷衍了事。

第二，做事要有条有理。

许多生活习惯都是从小长期培养起来的。如果一个孩子生活在杂乱无章的家庭中，什么东西都可以乱放，没有稳定的作息时间，他就会养成粗心、马虎、无序的生活习惯。所以，你应该在家中创造一种有序的生活，做什么事情都要尽量有规律，不要打破"陈规"。家里物品的摆放要整齐，有固定的地点。平时，你要养成做事有条有理的好习惯，这对你的学习也会有很大的帮助。在生活上养成了谨慎的习惯后，在学习上也会逐渐细心起来。

第三，做事要集中精力。

有的家庭，不管孩子是不是正在学习，都把电视机开着，或者打牌玩麻将。这些做法会对孩子造成干扰，使他不能集中精力去学习。久而久之，孩子便养成了一心二用的坏习惯。有的孩子放学回家以后，总是先打开电视机，然后边看边写作业，或者耳朵上戴着耳机，一边摇头晃脑地唱着歌儿，一边做习题。试想，这样怎么能聚精会神呢？不马虎才怪。想想看，自己有没有这种情况？如果有，就一定要改正。今后，做任何事情都要集中精力。专心做事，自然就不会马虎了。

第四，做事要认真仔细。

学习、生活中有许多"细活儿"，不认真绝对做不好。对于马虎的孩子，通过干"细活儿"，可以克服他的毛病。例如，写正楷字、画工笔画、缝衣服扣子、淘米、挑沙子、择洗蔬菜、计算水电费、动脑筋游戏等。让自己有目的地去做这类事情，经常训练，就会越来越细心。在日常生活中，从小事做起，认认真真地对待每一件事，力争把每一件事都做好。坚持下去，你一定能够克服遇事急躁、慌张的毛病，从而取得良好的效果。

只要你平时多养成这些良好的习惯，慢慢地，马虎这个毛病就会离你而去，你就会成为一个做事细心认真的人。

祝天天有进步！

爱你的杨老师
2015.11.08

第37封信：认真对待每一件事——怎样才能改掉做事马虎的毛病

小贴士

认真做事

南非的德塞公园是在国际上招标建设的。中标的是一家德国的设计院。这件事当时就招致不少非议。公园建成后，市民们更加不满，他们找出了许多不如人意的地方。后来，南非人建公园，就不再用外国人了。

20世纪70年代，南非人自己动手，修建了一个很大的公园——克克娜公园。没想到，两年后，南非人的看法发生了惊人的变化。

雨季到来时，克克娜公园被大水所淹，德塞公园却没有一点受淹的痕迹。原来，德国人建公园时，不但为整个公园建了下水道，还将地基垫高了五十厘米，这是当初人们不能理解的地方。直到大水到来时，人们才明白德国人此举的良苦用心。

克克娜公园在举行集会时，秀丽的公园大门因为过于窄小，造成了安全事故。这时，人们才想起德塞公园大门的宽敞方便。而当时，人们对德塞公园过大的大门给予了批评，认为它看上去有点傻气。

几年后，克克娜公园的石板地面磨损严重，不得不翻修。德塞公园的石板却完好如初，雨后如新。而当初因为德塞公园的石板路投资过高，南非人差点叫德方停工，双方曾争得面红脖子粗。当地人曾一度认为，德国人太死板、太愚笨。现在看来，德国人是对的，德国人在设计时，考虑到南非的方方面面，包括天气与季节、地理与环境。南非人自己建公园，却没有顾及这些。

德塞公园建成后，多少年没有变样，而克克娜公园总要修修补补，已经花掉了建德塞公园两倍的钱。为此，南非同行曾问德国同行："你们怎么这么精明？"德国同行回答："我们只是认真，并非精明，精明的倒是你们南非人。"

第38封信：多锻炼自己
——怎样让自己的口才与身体更棒

敬爱的杨老师：

您好！

首先对您给我的鼓励表示感谢，感谢您这么长时间来对我的照顾。

杨老师，我的语言表达能力不好，总是心里想得好好的话，站起来说时就语无伦次了，不知道怎么说，让大家看笑话儿。我很无奈，也很自卑。杨老师，您说怎么办呢？

杨老师，我觉得自己平时的表现不是很好，本次月考没有进前五名。但在爸爸妈妈看来，我有了很大的进步和改变。爸爸对我的态度也好了，以前家里没有生机，现在天天欢声笑语的，我很高兴。

杨老师，我想减肥，可每天晚上吃饭时，总是控制不住自己的嘴巴。我家天天都有鸡、鸭、鱼、肉、大排骨，不是这，就是那。我家水果不断，酸奶不停，我就长成了现在的样子。放假了，爸爸让我回奶奶家，回家减肥。妈妈交代好了，不要做肉给我吃。奶奶嘴上答应得好好的，可是能不做肉吗？在奶奶家，吃的喝的更多，天天吃喝看电视，不长胖才怪。妈妈说长大就好了，我不信。真是胖子烦恼多，祝我减肥成功吧，杨老师！

祝您天天开心，天天如意，天天吉祥！

您的学生：小加

2015.10.24

第38封信:多锻炼自己——怎样让自己的口才与身体更棒

小加同学:

你好!

看了你的信,老师想跟你说两个关键字,那就是:锻炼。从现在起,锻炼自己的口头表达能力,让自己说话更准确、更流畅;锻炼自己的身体,让自己的身体更健康、更壮实。

那么,怎样锻炼自己的口头表达能力呢?给你讲个故事。

两千三百多年前的雅典,有一位卓越的演讲家叫德摩斯梯尼。他出身富家,但幼年多病,两肩不平,个子矮小。他小时候,叔父为了霸占他的家产而提起诉讼。当法院审问时,他因无法答辩而败诉,并因口吃加上外貌丑陋,到处受人嘲笑和欺侮,因而终日过着悲哀绝望的生活。

他想到自己的苦难都是由于口吃造成的,于是下定决心矫正自己的口吃,锻炼正常说话和辩论的能力。相传他每天在家对着镜子练习讲话,或者跑到海边,把大海当听众,用自己激烈的雄辩式的演说,和海潮澎湃的吼声相对抗。他还曾将石子含在口中练习说话。这样,经过持之以恒的苦心锻炼,他居然成了一个了不起的雄辩家。

后来,由于他长于辩论,不到三十岁,就成为一个极有名望的律师。为了保卫祖国,他凭着三寸不烂之舌,游说各国,订立军事同盟,又唤起本国人民的觉醒,痛击强敌。当时企图吞并希腊诸邦的马其顿王腓力曾叹曰:"希腊诸邦虽有强大的海陆军,实不足一顾,所惧者,唯德摩斯梯尼三寸之舌耳。"

"宝剑锋从磨砺出,梅花香自苦寒来。"这就是德摩斯梯尼给我们的启示。比起德摩斯梯尼,你的先天条件好多了,既不口吃,又没磨难。只要你平时多练习说话,注意把自己的意思表达准确、流畅,天长日久,你的口头表达能力一定会有很大提升!

其实,很多自身条件很差的人,在经过一番努力与训练后,都克服了自己的弱点,取得了成功。比如,偶像派影视明星周迅、王学兵,话剧演员蓝天野,著名配音演员童自荣,"中国摇滚音乐之父"崔健等。还有的成为国家领导人,如英国前首相丘吉尔等。这些名人的事例一定可以给你带来信心,让你克服困难,取得成功。用心一点,努力一点,你的语言表达能力会有进步的!

现在,人们的生活条件好了,你们这些孩子从小都不缺吃穿,小胖子也越来越多。小时候胖胖的,很可爱,但长大了还是很胖,自己就会烦恼了。这不,你就经常有这样的烦恼。家里的长辈们太爱你了，什么好吃的都想给你吃，什么活儿也不会让你干吧。你自己都说了，天天吃喝看电视，不长胖才怪。

不过你现在正处于长身体的时期，多吃点也是应该的，但是只有适当的锻炼，才可以让身体健康。你说过，跑一会儿就觉得累，最怕上体育课了。这样可不行，锻炼身体是必须要做的事情。只吃喝，不运动，多余的脂肪会堆积在体内，造成身体的负担。从现在起，吃喝要适量，不多不少即可；锻炼要常做，身体健康最重要。不胖不瘦又健康，才是身体最好的状态。

现在中学生减肥之风盛行，这些减肥的学生中很多身高、体重都在健康范围之内，这种盲目减肥的现象已经相当严重。调查显示，因过分追求骨感美，超过74%的中学生盲目减肥。武汉体育学院对武汉、北京、上海等12座城市的中学生进行了有关减肥的问卷调查。调查发现，参加减肥的学生比例高达83.19%。但在进行体重指数鉴定时发现，其中体重偏瘦者占39.28%，正常体型者占50.26%，只有10.46%的人属肥胖。超过70%的中学生陷入减肥误区，盲目减肥。

盲目减肥，一方面指体重在健康范围之内，却自认为过胖而进行减肥；另一方面指需要减肥的人群，采取苛刻节食或单一高强度运动来减肥。比如，过度节食、只吃某种水果或某种食物、偏食或禁食、只运动却不控制饮食等，这一系列不健康的减肥行为都属于盲目减肥。

中学生盲目减肥危害甚大。例如，过度节食减肥使大脑细胞缺少足够的脂肪，影响大脑活动，最终影响智力。德国医学研究人员进行的测试表明，人体细胞中60%左右为蛋白质，30%左右为脂肪，而大脑细胞中的脂肪高达60%~65%。脂肪是大脑工作的重要物质，能够刺激大脑，使它加快信息处理速度和增强记忆力。如果中学生刻意节食减肥使大脑细胞缺少足够的脂肪，其结果会影响大脑活动和智力。再如，孩子盲目减肥，生长发育或停滞，致身材矮小。据专家介绍，青少年正处在生长发育的旺盛时期，每天摄入的食物，除了维持正常的生理活动之外，还要为生长发育提供足够的能量。若盲目减肥，会影响到正常生长发育的需求。较长时间处于这种状态，孩子的身高增长过于缓慢，或有发生营养性矮小的可能。此外，因担心青春期肥胖而过分节食，易患青春期厌食症或神经性厌食症。其实，对中学生而言，正确的减肥方法就两点：一是适量饮食；二是加强锻炼。

关于饮食方面,你要注意少吃零食,多吃水果蔬菜,营养均衡且多样。早餐吃正好,午餐八分饱,晚餐更要少。少吃夜宵,少吃,最好是不吃奶油、糖、油炸食品、肥肉、肉皮、零食等,这也是很多专家的建议。

关于运动方面,学生减肥可以进行一般的跑步运动,建议每周跑5天,每天20分钟以上慢跑;室内的运动可以跳绳和做仰卧起坐。这些都是比较常用的减肥方法。

学生减肥不建议采用节食的方法,更不建议用减肥药或者其他一些偏方,这样会对身体发育造成较大的伤害。学生减肥要尽量在饮食和运动上下功夫。

为了满足生长发育的需要,中学生对营养的需求相对于成人或儿童要高一些,所以吃得多一些是很正常的。即使体重超一点,只要不超过正常体重的20%,随着身高的增长,体重就又会回到正常的范围内。

只要经常参加体育锻炼,养成合理的饮食习惯,使身体的能量摄入与能量消耗保持平衡,就不会形成肥胖。不知道你是怎样减肥的,老师希望你能掌握科学正确的减肥方法,拥有一个健康的好身体!

祝口才越来越好,身体越来越棒!

爱你的杨老师
2015.11.01

小贴士

健康标准:"五快""三良好"

1999年,世界卫生组织提出了人类新的健康标准。这一标准包括身体健康和精神健康两部分,具体可用"五快"(身体健康)和"三良好"(精神健康)来衡量。

1.身体健康:"五快"

吃得快:说明消化功能好,有良好的食欲,不挑食,不厌食,不偏食,不狼吞虎咽。

便得快:说明吸收功能好,一旦有便意,能很快排泄,感觉轻松。

走得快:说明运动功能及神经协调功能良好,步履轻盈,行走自如。

说得快:说明思维敏捷,反应迅速,口齿伶俐。

睡得快:说明神经系统兴奋抑制过程协调好,上床很快入睡,睡得沉,醒后精神饱满,头脑清醒。

2.精神健康:"三良好"

良好的个性人格:情绪稳定,性格温和,意志坚强,感情丰富,胸怀坦荡,豁达乐观。

良好的处世能力:观察问题客观现实,具有较好的自控能力,能适应复杂的社会环境。

良好的人际关系:助人为乐,与人为善,对人际关系充满热情。

第39封信:让自己越来越能干——怎样面对家务活

尊敬的杨老师:

今天我想跟您谈谈我第一次做饭的事情。有很多事情我第一次做的时候,都留下了深刻的印象,但是最有趣的是第一次做饭。

有一次,爸爸妈妈都不在家,快中午了还没回来,我就想给爸爸妈妈做一顿饭,给他们一个惊喜。平时我都是吃现成的,今天我要给爸爸妈妈做一顿香喷喷的饭。可是炒什么菜呢?说真的,我不会炒别的菜,就会炒鸡蛋。那就炒鸡蛋吧!

我先把鸡蛋打在碗里,放上一点盐,用筷子搅拌均匀后,放在一边备用。接着把火打开,等锅加热后放油。油热以后我把碗里的鸡蛋倒进锅里,用铲子翻炒几下。不一会儿,香喷喷、黄澄澄的一盘炒鸡蛋就做好了。

我刚把盘子端到桌子上,门就开了,是爸爸妈妈。"什么好吃的?"他们异口同声地问。"当然是我爱吃的炒鸡蛋啦!这次可是我亲自下厨做的,尝尝我的手艺如何!"爸爸妈妈品尝后,再次异口同声地说:"好吃!好吃!"看着他们狼吞虎咽的样子,我心里美极了!

这是我第一次做饭。杨老师,您第一次做饭是否成功?做的是什么?谁和您一起吃的?

祝杨老师开开心心!

您的学生:悦悦
2015.11.27

悦悦同学：

你好！

谢谢你跟老师分享第一次做饭的经历。会做饭的感觉是不是很好啊？看着爸爸妈妈津津有味地吃着自己做的炒鸡蛋，你的心里可真是美极了！的确，自己的劳动成果被人赞赏，是一件很开心的事情。

老师第一次做饭的情景是怎样的，已经记不清了。但至今印象深刻的却是，小学四年级的那年暑假，我要每天做好晚饭，等父母从河堤外的庄稼地里干完农活后回来，全家一起吃饭。那时，我经常是用一个小煤炉子做饭炒菜。记得最常做的菜是炒土豆片，很好吃，感觉自己做得很香很酥，就像现在吃的红烧土豆的滋味。每每看着一家人忙碌了一天后，美美地品尝着自己做的香喷喷的菜肴，真是又满足又开心！

从小，我们就应该学会做一些力所能及的事情。随着年龄的增长，我们会做的事情会越来越多，也会变得越来越能干。小时候，一直被爱；长大了，应该会付出爱了。像扫地、拖地、整理房间、做饭、洗碗之类的家务活，自己能做的就尽量去做。家里的父母长辈很辛苦，把自己养大不容易，懂事的孩子就该让自己勤快些。其实，做家务活真的有许多好处呢！

其一，可以让大脑得到很好的休息。中学生学业压力大，学习任务重，经常会进行一些复杂的脑力劳动。而让一个人大脑放松的最好方式，就是做家务活和进行体育锻炼。比起做作业来，做家务活会让人感觉轻松多了。洗衣、做饭等基本不用怎么动脑筋，人人都会做。做起这些活儿，全身各部位都活动起来了。舒活舒活筋骨，自然会抖擞抖擞精神。

其二，可以锻炼锻炼身体。你看，常年干活的人通常身体都比较好。记得曾在电视上看到记者采访的一位百岁老人，每天都爱在自家小院里种种菜、锄锄草、扫扫地，腰板硬朗着呢。现在小孩子家务活做得少，仅凭兴趣而已。事实上，大人们都有经验，做好家务活还真是不容易。就拿打扫房间来说吧，擦桌子、扫地、拖地等，一番忙碌下来，也得好长时间，也会让人出一身热汗。如此，既可以锻炼身体，又让日子过得清爽了，多好！

其三，可以让自己的综合能力得到提升。一个孩子，要想让自己的学习成绩好，只学书本知识是不行的，还要会做事，正所谓知识与能力并重，快乐与成长齐飞。在家里干活儿的时候，你的思维能力、四肢协调配合能力等，都得到了不同程度的发展。你知道吗?一个人的生活能力就是他的学习能力,一个人的生活习惯就是他的学习习惯。做事干练、认真,学习也会如此。照此一说,你该知道,真正优秀的孩子应该如何去做了。

放假了,多在家里做些力所能及的事情,你一定会更加快乐!苏联著名的教育家苏霍姆林斯基有一句话说得很好:"让人们因我的存在而感到幸福。"老师把这句话送给你,希望你成为家人、老师、同学都喜欢的人!

祝每天都过得充实、开心!

爱你的杨老师
2016.01.22

小贴士

美国孩子的家务清单

9~24个月:可以给孩子一些简单易行的指示,如让宝宝自己把脏的尿布扔到垃圾箱里。

2~3岁:可以在家长的指示下把垃圾扔进垃圾箱,或当家长请求帮助时帮忙拿取东西;把衣服挂上衣架;使用马桶;刷牙;浇花;晚上睡前整理自己的玩具。

3~4岁:更好地使用马桶;洗手;更仔细地刷牙;认真地浇花;收拾自己的玩具;喂宠物;到大门口取回地上的报纸;睡前帮妈妈铺床,如拿枕头、被子等;饭后自己把盘碗放到厨房水池里;帮助妈妈把叠好的干净衣服放回衣柜;把自己的脏衣服放到装脏衣服的篮子里。

4~5岁:能独立到信箱里取回信件;自己铺床;准备餐具(拿刀叉,摆盘子);饭后把餐具放回厨房;把洗好烘干的衣服叠好放回衣柜(正确叠不同的衣服);自己准备第二天要穿的衣服。

5~6岁:能帮忙擦桌子;铺床、换床单(从帮妈妈把脏床单拿走,并拿来干净的床单开始);自己准备第二天去幼儿园要用的书包和要穿的鞋(以及各种第二天上幼儿园要用的东西);收拾房间(把乱放的东西捡起来并放回原处)。

6~7岁：能在父母的帮助下洗碗盘，能独立打扫自己的房间。

7~12岁：能做简单的饭；帮忙洗车；吸地擦地；清理洗手间、厕所；扫树叶，扫雪；会用洗衣机和烘干机；把垃圾箱搬到门口街上。

13岁以上：能换灯泡；换吸尘器里的垃圾袋；擦玻璃(里外两面)；清理冰箱；清理炉台和烤箱；做饭；列出购物清单；洗衣服(全过程，包括洗衣、烘干衣物、叠衣以及放回衣柜)；修理草坪。

第40封信:多做实事
——怎样才能学会独立生活

亲爱的杨老师:

您好!

今天妈妈要回娘家,因为我舅舅去世了。我星期一要上学,妈妈怕我耽误了学习,就没让我去。想到一天一夜见不到妈妈,我心里就难受,因为我从小到大都没有离开过妈妈。以前妈妈只要出去,晚上就会回来,或者把我带上。可是这次不一样,妈妈一天一夜都不在家,让我住姐姐家。到了晚上,我一定会想妈妈的,我离不开妈妈。

我给妈妈打了很多次电话,这让妈妈有点烦,可是我忍不住。

杨老师帮我想想办法,告诉我怎样才能学会独立,怎样才能不再依赖妈妈。这一天,我干什么都觉得无聊,整个人无精打采的。杨老师帮我想想办法,我自己也想学会独立。您的办法最多了,拜托拜托!

爱您的学生:婷婷
2015.12.20

婷婷同学:

你好!

平时看你个头高大,性格开朗,真不像是一个依赖性很强的孩子。在班上,作为体育委员,你每天管理指挥着同学们做眼保健操等活动,让人感觉你独立做事的能力蛮好的。谁知,看了你的信,老师才发现,你居然是一个非常依赖妈妈的孩子。莫非你是在外独立,在家依赖?呵呵。若真如此,你的可塑性还是很强的。或许,只需老师点拨一下,你就知道该如何去做了。

从平时与你的交流中,看得出来,你生活在一个充满爱的家庭里。如果说

与成长对话
——给青少年的40封信

你离不开妈妈,非常依赖妈妈,那就可能是妈妈平时有些溺爱你了。也许,只要跟妈妈在一起,无论什么事,妈妈都会给你安排得好好的,不需要你操心。时间长了,你就养成了事事依赖妈妈的习惯。

但是,孩子总要长大,总要离开妈妈的怀抱,总要学会独立生活。作为初中生的你,现在也意识到了这一点,迫切地想学会独立,但又苦于不知道如何去做。其实,这是一个很自然的过程。中学阶段,就是从依赖走向独立的过渡时期。在这个时期,必须要开始锻炼自己独立生活的能力了。

首先,你要做到思想上独立。思想上是否独立,关键在于责任心是否建立。一个孩子越是有责任心,独立性就越强。想想自己,被父母含辛茹苦地养育长大,接受了无尽的爱。如今长大了,有很多事情自己都会做了,是不是应该尽己所能地来回报父母?从被父母爱,到懂得去爱父母,标志着一个孩子真的长大了,真的有自己的思想了。在爱中长大的你,应该知道如何去爱人。心中有了爱,就有了责任心。懂得主动去付出自己的爱,就走向了思想上的独立。

其次,你要做到行动上独立。第一次学会说话,第一次学会走路,第一次学会吃饭,第一次学会骑车,第一次学会包饺子,等等,都标志着你在某个方面实现了独立。随着年龄的增长,你会做的事情越来越多,你的独立性也越来越强。也许,你现在已经有了独立生活的能力,只是你还没有意识到而已。如果以后有机会独自在家,不妨多锻炼一下自己。你可以尝试着做做下面这些事情,或许会让你过得开心而又充实。

一是整理房间。把电视柜、书柜、衣柜里的东西整理一下,摆放好。厨房、卫生间往往比较零乱,也按你的想法整理一下,一定会清爽许多。然后把地面打扫干净,乃至一尘不染。这样做下来,至少也需半天时间。把全家的房间打扫干净,既活动了身体,又锻炼了能力,还过得充实而有意义。等妈妈回来给她一个惊喜,妈妈再赞美赞美,自己也开心。

二是学做美食。自己一个人在家,想吃什么就做什么。自己动手做的食物,吃起来更香。初中生基本上都会做几道菜了。平时妈妈在家,都是吃现成的,没机会动手做。等你独自一人在家时,就可以给自己露一手了。享受一下做美食的过程,也是挺有趣的。从选材到清洗、切好,再到烹饪、摆盘,还真是很锻炼一个孩子做事的能力。特别是等妈妈回家时,自己能做好一桌美味佳肴奉上,之后再看着妈妈吃得津津有味,那真是更有一种成就感、自豪感与幸福感呢!美好的生活要靠自己的双手来创造!

  三是安排学习。独自一人在家,还可以享受一下学习的快乐。读一本书,走进书中的大千世界,与书中人物同呼吸共命运,感受书中故事的回环曲折,从书中可以得到许多美的熏陶与人生的启迪。读书是一种宁静的享受。你还可以做几道题,或者完成老师布置的作业,或者自主学习一些知识。在做题的过程中,时而皱眉,时而微笑,享受战胜困难后的快感。做题也可以是一种静静的享受。

  独自一人在家,可做的事情还有很多。只要是你想得到的,就可以去做。不管是运动着,还是安静着,你都去做一些实实在在的事情,这样你就不会觉得无聊,不会无精打采了。当你慢慢地学会照顾自己、照顾家人的时候,你会更喜欢自己。

  鸟儿长大了,就应该学会在蔚蓝的天空中展翅翱翔;

  鱼儿长大了,就应该学会在广阔的海洋里尽情遨游;

  孩子长大了,就应该学会在前进的道路上努力创造美好的生活。

  从现在起,拒绝依赖,学会独立,让父母放心,让自己成为他们永远的骄傲!谨祝新年快乐,越来越坚强!

爱你的杨老师
2016.02.03

小贴士

林肯的台阶

  一个1周岁左右的小男孩,被年轻的妈妈牵着小手来到公园的广场前,要上有十几级阶梯的台阶了。小男孩却挣脱开妈妈的手,他要自己爬上去。他用胖胖的小手向上爬,他的妈妈也没有抱他上去的意思。

  当爬上两级台阶时,他就感到台阶很高,回头瞅一眼妈妈,妈妈没有伸手去扶他的意思,只是眼睛里充满了慈爱和鼓励。小男孩又抬头向上瞅了瞅,他放弃了让妈妈抱的想法,还是手脚并用小心地向上爬。他爬得很吃力,小屁股抬得老高,小脸蛋也累得通红,那身娃娃服也被弄得都是土,小手也脏乎乎的,但他最终爬上去了。年轻的妈妈这才上前拍拍儿子身上的土,在那通红的小脸蛋上亲了一口。

这个小男孩,就是后来成为美国第16届总统的林肯,他的母亲便是南希·汉克斯。

林肯的父亲是个农民,家境极为贫穷。林肯断断续续地接受正规教育的时间,加起来还不足1年。但林肯从小就养成了热爱知识、追求学问、善良正直和不畏艰难的好品质。他买不起纸和笔,就用木炭在木板上写字,用小木棍在地上练字。他抓紧一切时间看书学习,练习演讲。林肯失过业,做过工人,当过律师。从29岁起,他先后开始竞选议员和总统,前后尝试过11次,失败过9次。在他51岁那年,终于问鼎白宫,并取得了辉煌的业绩,被马克思称之为"全世界的一位英雄"。母亲南希在林肯9岁那年不幸病故,但毫无疑问,她用坚强而伟大的母爱抚养了林肯,使他勇敢而坚定地走向未来。

后记

送你一缕阳光

每次迎接新生的时候,老师们一定会思考,自己应该如何与孩子们相处,如何与孩子们交流,如何与孩子们沟通。的确,只有走进孩子们的世界,我们才能发现教育的真谛。

随着社会的发展、科技的进步,利用电话、短信、QQ、微信等,可以快捷地传达彼此的信息,师生之间的交流也越来越方便。当然,最常见的面对面谈话,也是很好的交流方式。特别是涉及一些重要的事情,师生面谈更是必不可少。此外,还有书面交流,可以让师生之间在认真思考后,进行理性的对话。多年来,在与学生打交道的过程中,我最喜欢的就是书面交流,尤其是书信对话,能更好地建立良好的师生关系。原因有以下两点:

首先,网络交流有制约。虽然网络上的交流很便利、快捷,但是学生带手机上学却常常会受到制约。学生该不该带手机上学,也是近年来教育界讨论较多的一个话题。对于已经成年的大学生而言,学校可能在带手机的问题上限制较少;但对于尚未成年的中小学生,学校自然会在带手机的问题上限制较严。据不完全统计,因为学生心理尚未成熟,自控力弱,90%的学生使用手机是弊远大于利。因此,老师与中学生之间运用网络交流并不现实,限制较多。

其次,口头交流有局限。口头交流是老师与学生进行沟通必不可少的方式,但是每天都找一位学生谈话或交流并不容易做到。最常见的现象则是,在学生某方面引起老师注意时,老师会及时找学生交流一下。然而,即使能坚持天天找学生谈话,这样的口头交流也是有一定局限的。假设一个班主任每天找一个学生谈话,一周5人,那么一个月大约4周,除去双休日,可以与20多个学生交流一次。一个学期大约4个月,可以与80多个学生交流一次。这相当于,在一个大班(80人左右)里,班主任每学期可以与每个学生交流一次;而在一个小班(40人左右)里,班主任每学期可以与每个学生交流两次。这样做,交流频率少,掌握信息少,及时教育少。

而书面交流,就能克服上述弊端。利用书信的形式,老师可以每周都与全班每一个学生互动交流,可以及时与各类学生加强沟通。在书信里,学生可以自由畅谈自己的学习或者生活情况,老师每次给予每个人的回复可多可少,不尽相同。有问题,就重点探讨;没问题,就拉拉家常。在这些你来我往的文字里,师生间既交流了信息,又增进了情感。如何开展好书信交流?在接手新生时,我主要做好三个方面的事情。

第一,倡导学生通过书信交流。因为我是语文老师,跟学生进行书信交流非常方便。一直以来,我都要求学生坚持写周记,主要是进行写作训练,提高自己的写作水平。从管理的角度上来看,把周记本当作一座老师与学生相互交流、彼此沟通的桥梁,则是非常好的。于是,为了更好地加强彼此间的交流与沟通,在新学期开始时,我在第一节课上就跟全班同学提出了这一想法。我提出,老师要和同学们开展每周一次的书信对话,同学们每周以书信的形式与老师交流自己在学校、家庭、社会中的学习与生活情况。老师通过书信,可以更好地了解同学们,更好地与同学们交流。果然,在交流中,我们彼此都有了很多收获。

第二,关注热点,激发思考。在书信交流中,当然也发生了些许问题,需要及时改进,不断完善。首先是指导学生掌握书信的格式。虽然书信是一种常见的应用文体,但还是有不少同学在格式上出问题。例如,有的在称呼前空两格,有的把署名与日期的位置颠倒了,让人啼笑皆非。经过多次指导,学生们渐渐明白了正确的书信写作格式。交流起来,顺畅多了。其次是征集书信交流的话题。尽管我只要求同学们在书信里写真话抒真情即可,谈什么话题都行,但日复一日的平淡生活还是让一些孩子不知道应该写些什么更有意义。中学生应该关注哪些事情?我们全班一起进行了交流,大家谈到了许多话题。就这样,会写信了,有话题了,每周的交流便成了常态。作为老师,我喜欢看到那些用心交谈的书信内容。作为学生,孩子们也总是喜欢看到老师给自己的回复,不管是多是少。

　　第三,每周回信交流思想。当然,每周批阅一次全班交上来的书信是一件困难的事,我的回信时间也是有限的。大部分的回信都简单凝练,但亲切自然,能让同学们感受到老师对自己的关爱。同学们也很快在书信中拉近了与老师的心灵距离,与老师无话不谈。不过,我告诉全班同学,每周我会详细地回复两三封信,并打印出来,在次周一上课前发给相应的同学。诚然,这些同学在信中谈到的话题都比较好,值得深入探讨。

　　总结这些来来往往的书信对话,不外乎以下几方面的主题。

　　对话思想:学会为自己加油。

　　中学阶段,正是一个孩子从依赖走向独立的过渡时期。社会的迅速发展,家庭的环境氛围,学校的教育生活,都在不断影响并冲击着孩子的心灵,思维活跃的中学生面临的困惑与烦恼也随之而来。在同学们与老师交流自己成长的烦恼时,他们学会了为自己加油。例如,怎样控制自己的情绪,怎样面对挫折,怎样才能管住自己,怎样面对成长的烦恼,等等。我总是站在孩子的立场上,告诉孩子要学会自己给自己加油。相信自己,才能更好地前进。

　　对话学习:掌握科学的方法。

　　对于中学生而言,学习肯定是日常生活的主旋律。每个人的学习都不是一帆风顺的,怎样才能搞好自己的学习?许多同学常常会有这样的困惑。此时,老师要做的就是教他们掌握科学的学习方法,正所谓"授人以鱼,不如授人以渔"。例如,怎样面对考试,怎样背书又快又好,怎样做好课外阅读题,怎样让自己的朗诵更有魅力,怎样修改作文,怎样写出一手好字,怎样读书,等等。我就这样慢慢教孩子们掌握科学的方法,提升学习的能力。

　　对话生活:快乐在自己手中。

　　在孩子们的世界里,生活也不是只有快乐,烦恼也总会不期而至。面对生活中的困惑,孩子们有时不知如何是好,无法排解。此时,老师的一句话,或许就能帮助孩子走出迷雾。例如,怎样面对不良的家庭学习环境,怎样顺利度过青春叛逆期,怎样戒掉游戏网瘾,怎样让自己不再做"低头族",等等。复杂的社会环境、家庭环境,孩子们改变不了,但可以学会改变自己。于是,我常常站在孩子们的角度,告诉他们学会把快乐掌握在自己手中。

老师的幸福,就在走进孩子们世界的时候。在一次次的交往中,孩子们给我带来了许多快乐,带来了许多启发。每一个孩子的来信,都是我开展教育的宝贵财富。我就像发现珍宝一样,细心研读每一封信,认真回复每一封信。在让孩子们有收获的同时,老师的教育水平也在不断增长。通过这些书信来往,老师认识了自己的学生,学生也认识了自己的老师。现在,我把我们师生平时交往的部分书信整理成册,期待与更多的青少年朋友分享。在此,我要感谢我的学生们。一起相伴的日子,总是那么充实快乐。同时,还要特别感谢西南师范大学出版社高等教育分社郑持军社长和郑先俐编辑的精心指导,并向为本书的出版辛勤付出的所有编辑表达真诚的谢意。

　　一本书,就像一缕阳光,可以照亮孩子们前行的道路。在日新月异的今天,愿这本书可以让更多的青少年朋友从中受益。